狐の嫁入り

ご隠居は福の神 7

井川香四郎

二見時代小説文庫

目次

狐《きつね》の嫁入り——ご隠居は福の神 7

狐の嫁入り──ご隠居は福の神7・主な登場人物

高山和馬《たかやまかずま》……自身の窮乏は顧みず他人の手助けをしてしまう、お人好しの貧乏旗本。

吉右衛門《きちえもん》……ひょんなことから和馬の用人のようになった、謎だらけの老人。

藪坂甚内《やぶさかじんない》……深川診療所の医師。儒学と医術の知識をもち「医は仁術」を実践している。

千晶《ちあき》……藪坂の診療所で働き、産婆と骨接ぎを担当するおきゃんな娘。

お光《みつ》……藪坂の深川診療所に勤め始めた薬種問屋「金峰堂《きんぽうどう》」の医師を志す養い娘。

広瀬淡窓《ひろせたんそう》……豊後国日田《ぶんごのくにひた》で私塾「咸宜園《かんぎえん》」を開き、多くの門人を輩出。

古味覚三郎《こみかくさぶろう》……北町の定町廻《じょうまちまわ》り同心。袖の下を平気で受け取るなど芳しくない評判が多い。

水野忠邦《みずのただくに》……権謀術数を尽くし、唐津藩主から老中首座に上り詰め天保の改革を断行した。

黒岩清五郎《くろいわせいごろう》……藩の政を私せんと暗躍する、館林藩江戸次席家老。

井上正兼《いのうえまさかね》……館林藩主、井上侍従正春《じじゅうまさはる》の弟。風流を気取り、放蕩三昧との噂が絶えない。

亜子《あこ》……井上侍従正春の正室。備後福山藩五代目、阿部正精《あべまさきよ》の娘。

津耶《つや》……老中村上肥後守の娘。家格の違う小普請組旗本、黒田耕之介《くろだこうのすけ》に嫁ぐ。

池端新作《いけはたしんさく》……真壁郡の代官、清水隆之介の手代。芝居小屋を占拠し観客を人質に取る。

おせん……父親の五百石船が難破し、一人漂着した蝦夷《えぞ》から江戸に舞い戻った娘。

黒田真澄《くろだますみ》……高山家の近くに住む黒田耕之介と津耶の息子。正義感の強い少年。

第一話　淡窓《たんそう》の月

一

深川診療所《ふかがわしんりょうじょ》では、藪坂甚内《やぶさかじんない》が今日も数珠繋《じゅずつな》ぎで訪れてくる患者たちを、丁寧に診察していた。秋風が強くなり急に冷え込んだせいか、鼻風邪《はなかぜ》を拗《こじ》らせて駆け込んでくるのがほとんどだった。

竹下真《たけしたまこと》や宮内尚登《みやうちなおと》という若い医師はもとより、産婆《さんば》で骨接《ほねつ》ぎ医の千晶《ちあき》、介助役の女たちも総出で対応に追われていた。

そんな中で、まだ十六、七の娘も甲斐甲斐《かいがい》しく手伝っていた。最近、入ってきた近くの薬種《やくしゅ》問屋『金峰堂《きんぽうどう》』の娘だが、ゆくゆくは蘭方《らんぽう》も学んで、医者になるのが夢だという。

「お光《みつ》ちゃん、そっちはいいから、このお婆さんに手を貸してあげて」

千晶が〝姉弟子《でし》〟として、適切に指図すると、お光は身軽に舞うように患者の間を移って手伝う。嫌《いや》な顔ひとつしないどころか、まるで客商売の茶屋娘のような笑顔である。その屈託《くったく》のない素直な姿に、体がしんどい患者たちも癒《い》やされるのだ。

「千晶さん。若くて可愛《かわい》いからって、お光ちゃんを虐《いじ》めちゃだめだよ」

「そうだよ。扱《こ》き使ってたら、バチが当たるよ」

「いずれ立派な女医者になるんだから、そのとき雇って貰わなきゃならないでしょ」

「しかも薬には通じてる。千晶さんの方こそ見習わなきゃね」

などと、顔馴染みの患者たちの声が飛んでくる。だが、千晶も負けておらず、まるで年増女《としまおんな》のような乱暴な口調で、

「無駄口叩いてるくらい元気なら、家に帰って療養してくれないかな。一刻を争う人もいるんだからね」

と眉を顰《ひそ》めた。

それでも顔馴染みの者たちは、笑い声で、

「やだよう。だって、ここに来ると、お粥《かゆ》にありつけるんだもの」

「今、米がめちゃくちゃ高いしさ」

「しかも薬草入りで滋養たっぷりで、只《ただ》だから懐《ふところ》も痛まないもんねえ」

などと言い返す。

病人だか井戸端会議だか分からない雰囲気の中で、慣れないお光だけは真剣なまなざしで、せっせと働いていた。

その時——ううッと喘ぎながら、山門を潜《くぐ》ってきた羽織《はおり》姿の中年男が、足を引きずるように本堂の方に向かってきた。ここは破《や》れ寺を使っている診療所なのだ。

男の脇腹には匕首《あいくち》が刺さっており、血がポタポタと垂れている。

「あ、ああッ！」

並んでいた患者たちが驚いて、中には腰が抜ける者もいた。いち早く気付いた千晶が駆け寄ると、匕首は意外にも深く刺さっており、中年男の顔は真っ青で、白目を剝いていた。

「しっかりして」

千晶が抱きとめると、すぐに藪坂が駆けつけてきて様子を見た。

「これは……もう駄目かもしれぬ」

それでも、竹下と宮内を呼んで、本堂の中に担《かつ》ぎ込んで、藪坂は手当をしようとしたが、その時にはもう息絶えていた。

「おや、この人は……」

顔を覗き込んだ千晶が、ほんの一瞬、目を曇らせると、藪坂が訊いた。

「知っているのか」

「ええ。あの悪評高い米問屋『会津屋《あいづや》』の主人ですよ。名はたしか、守右衛門《もりえもん》……ほら、富岡八幡宮前《とみおかはちまんぐう》の」

「この米が高い時に、さらに高く売りつけているという……」

「でも、どうして……」

「江戸のみならず、諸国で米屋が打ち壊しにあったりしているからな……もしかしたら、その恨みによるものかもな」

と言いながら、藪坂は無念そうな守右衛門の瞼《まぶた》をそっと閉じてやった。

「悪いが、千晶。店の者に報せに行ってくれないか」

「はい——」

すぐに山門に向かおうとすると、今度は「なんだ、放しやがれ！」と怒鳴りながらも、後ろ腕に捩《ね》じ上げられた若者が突き飛ばされるように入ってきた。

「いてて……放せ、このやろうッ」

喚《わめ》く若者の腕を後ろ手に取っているのは、還暦《かんれき》くらいの紋付き袴《はかま》姿の男である。若者がいかにもならず者風なのに対して、還暦男は総髪《そうはつ》で、穏やかで品格のある顔だちだ。

その姿を見るなり、すぐに藪坂が駆け寄って、

「これは、淡窓《たんそう》先生ではありませぬか」

と声をかけた。

淡窓と呼ばれた男はニコリと微笑《ほほえ》んで、

「覚えてくれていたか」

と言いながら、若い男を突き倒して腹部を蹴って失神させた。袖には、ベッタリと血痕が付いていた。

「誰かを刺して逃げたのを、たまさか見たものでな。とりあえず、とっ捕まえた」

「先生……相変わらず、凄腕ですなあ」

「そんなことより、刺された方はどうなった……」

「いえ、それが……」

淡窓が首を横に振ると、千晶が憎々しく頬を歪《ゆが》めて、

「殺されても仕方がない人なんですよ」

と言った。とたん、淡窓はギラリと睨みつけて、

「可愛らしい顔をして、そんなことを言ってはならぬぞ。命に軽重《けいちょう》はない。甚内、おまえは、こんな者を雇っているのか」

「これまた、相変わらず手厳しい……」

藪坂は苦笑いしたが、若い医者たちに、ならず者風をまた本堂に運ばせ、自身番に報せに行かせた。俄《にわか》にバタバタとした診療所内で、淡窓はずらりと並んでいる患者たちの多さに驚き、

「——さすがだな……」

と独《ひと》り言《ごと》を呟きながら眺めていた。

一段落つくと、庫裏《くり》の一室で茶を飲んでいた淡窓に、藪坂は改めて挨拶に来た。

「先生。いやいや、久しぶりでございます」

丁寧に手をついて頭を下げると、淡窓は人の良さそうな笑みを洩らして、

「噂どおり、素晴らしい医者になっておるな。あっぱれじゃ」

「どんな噂でしょう……ごらんのとおり、古い寺を借りて、毎日、喘《あえ》いでいます」

「はは。私も初めは、寺を借りて塾を開いた」

「そうでしたね。はは……それより、先生、いつ江戸に来たのですか。前もって文を下さっていれば、門弟なども集めて、丁重にお出迎えしたのに」

「実は、このたび、ご公儀から、永代《えいたい》苗字《みようじ》帯刀《たいとう》を許されてな。江戸見物と洒落《しや》込《れ》んで来たのだが、この年の体にはきつい」

「豊後《ぶんご》からはるばる……先生は決して、お体が壮健ではありませんのに。若い頃から、痘瘡《とうそう》に罹《かか》ったり、大変な目に……」

「だから、今生《こんじよう》の思い出にと思ってな」

「縁起でもないことを……でも、折角《せつかく》、江戸に来たのですから、誰かに案内をさせます。会いたい弟子もおるでしょう」

藪坂が率先して集めると話したとき、千晶が来て廊下に控えて、

「お話し中に申し訳ありません。藪坂先生、古味覚三郎《こみかくさぶろう》様が話があると……」

と案内してきた。

北町奉行所の定町《じようまち》廻り同心だが、〝鬼《おに》の覚三郎〟という、袖の下ばかり求める、あまり評判のよくない同心である。千晶ははっきりと、「悪徳同心」と呼んでいるが、不思議なことに手柄は誰より立てている。

千晶をさりげなく押しやりながら、古味は入ってきて、淡窓をチラリと見やった。

「来客中かい」

「構いませんよ。私の儒学《じゆがく》の師匠です」

「師匠……なるほど。近頃は、〝儒医《じゅい》〟が重宝されているからな。医は仁術《じんじゅつ》は結構だが、孔子《こうし》や孟子《もうし》の教えとやらを実践するとかで、なんやかや小うるさい医者が増えたが……」

皮肉っぽく言いかける古味に、藪坂はいつものように堂々と、

「古味さんもいい加減、大店《おおだな》をぶらついて用心棒代を要求するのはやめた方がいいですぞ。さすがに北町奉行の遠山左衛門尉《とおやまさえもんのじょう》様も、気付いてますぞ」

と進言した。

「人の顔を見れば、その話か。まったく……」

悪びれる様子もなく、古味はその場に立ったまま、ふたりを睥睨《へいげい》するように、

「ところで、先ほどの『会津屋』の主人殺しだがな、腎《じん》の臓から大量の血が流れて死んだと検分された。だが、刺したと思われる若い方は、自分はやってないと言い張ってる。奴が殺したのは確かなのかい」

と訊くと、淡窓の方が話した。

「間違いないでしょう。たまたま通りかかったのですがね。血だらけの若い男が逃げてきたので声をかけたら、『うるせえやい！　どきやがれ！』と突き飛ばしていこうとしたので、捕まえたまでです」

「では、刺したところは見てない」

「私は見てませんが、近くにいた人たちが、『人殺しだ！』と叫んでたから、見ていたのではありませんか」

「それがな……誰も見てないんだ、肝心なところはな」

古味は曰《いわ》くありげに、まるで淡窓が嘘をついているのではないかと、疑っているかのような目つきで、

「ところで、おまえさんは誰でえ」

「私の師匠と言ったはずです。広瀬《ひろせ》淡窓といえば、古味さんのような無粋《ぶすい》な人でも、名前くらいは聞いたことがあるのではありませぬか」

「いや、全然……」

知らないと首を振ると、エッと千晶の方が飛び上がりそうになった。

「ひ、広瀬淡窓先生って、豊後国日田《ぶんごのくにひた》で〝咸宜園《かんぎえん》〟を開いている大先生ですよね。儒学者で漢詩人の……そんな凄い先生が、藪坂先生のお師匠様なんですか。嘘でしょう」

「嘘でしょうって、どういう意味だ」

藪坂が不愉快そうに訊くと、淡窓の方が本当だと答えた。

「甚内は最も優れた門弟のひとりですよ」

「あの頼山陽《らいさんよう》とも、ご昵懇《じっこん》だったのですよねえ……凄い……私、憧れちゃう」

稀代《きたい》の教育者を前にして、いつものように調子づく千晶を、藪坂は追いやったが、たしかに門弟には、高野長英《たかのちょうえい》や大村益次郎《おおむらますじろう》、清浦奎吾《きようらけいご》、上野彦馬《うえのひこま》など幕末の動乱に関わり、名を残した者が多い。この学問所では、儒学や漢詩のみならず、数学や天文学、医学などの講義も行われた。身分を問わず、誰でも入門できたから、諸国から沢《たく》山《さん》の学びの徒が集まっていた。

「で……江戸に来た狙いは、なんです」

不躾《ぶしつけ》に古味が訊くと、藪坂の方がスッと立ち上がり、

「古味さん。探索と何か関わりがあるのかね。先生は、永代苗字帯刀を上様から賜《たまわ》ったから、江戸に来たのだ。文句があるか」

「いや、これはお見逸《みそ》れ致した……」

とは言ったものの、古味は淡窓であることをすでに知っていた態度で、

「だがな、藪坂先生……殺された『会津屋』守右衛門と、日本橋《にほんばし》にある公儀御用達《こうぎごようたし》の米問屋『豊後屋《ぶんごや》』の主人・寅左衛門《とらざえもん》が犬猿《けんえん》の仲だと聞いたら、どう思う」

「えっ……」

俄《にわか》に、藪坂の顔色が変わった。その様子を見て、淡窓の方が不思議そうな目になった。だが、藪坂は誤魔化《ごまか》すように、

「それとこれとも関わりあるまい」

「いや。大ありでな。守右衛門を刺した奴は、亀次《かめじ》という元渡り中間《ちゅうげん》の遊び人だが、『豊後屋』に用心棒として雇われている奴だ」

「──そうなのか……」

藪坂はまったく知らなかったが、古味は我が意を得たりとばかりに微笑を浮かべ、

「しかも、その『豊後屋』寅左衛門は元豊後杵築《きつき》藩の藩士で、有馬喜八郎《ありまきはちろう》という者……淡窓先生、思い出しましたか……あなたの弟子のひとりですよね」

「有馬喜八郎……ああ、よく覚えておる。大小の刀を捨ててまで、咸宜園に入ってきたが、刃傷沙汰《にんじょうざた》を起こしたため破門にした」

「そいつが今や、江戸で屈指の米問屋だ……江戸に来たのに会ってないのかい」

「いや。喜八郎が商人になっていたとは、知らなかった」

「本当に……？」

「ああ。奴が何か悪いことでも……」

「だから言ってるだろ。『豊後屋』の用心棒が『会津屋』を殺したんだ。米の値のこ

とで、揉めに揉めていたからね」

人の心を剔《えぐ》るような目つきで見る古味を、淡窓は困惑の顔で見ていたが、

「――甚内……おまえは知っていたのか。喜八郎のことを……」

と訊いた。

「ええ……この診療所にも米を只同然で、分けて貰ってます。『豊後屋』寅左衛門と名乗ったのも、先生への憧憬があってこそです」

「私の幼名の一字を取ったということか」

「そうです。江戸には、先生に教えを請うた者たちが大勢おります。ですから、私が先ほど話したとおりに、江戸見物がてらに……」

言いかけた藪坂の声を遮って、古味は十手《じって》を突き出した。

「江戸見物じゃなかろう。江戸を火の海にしに来たんじゃねえのか」

「なんだと……」

藪坂が訊くと、古味は十手を相手の肩に載せて、

「そこな淡窓大先生を担ぎ出して、一体、何をしようってんだ。魂胆《こんたん》はなんだ」

と睨みつけた。

「寅左衛門こと有馬喜八郎が、その昔、犯した刃傷沙汰ってのは、不正を働いていた

郡《こおり》奉行を責め立てて斬ったとのことだが……こいつのことは、杵築藩江戸藩邸でも調べているんだよ」

まるで謀反《むほん》か一揆《いっき》でも起こすのではないかという嫌疑を抱いているようだった。それは大きな的外《まとはず》れだと藪坂は反論したかったが、古味はそれ以上、何も言わなかったから、藪坂もこの場では黙っていた。

そんな険悪な様子になったのを——廊下の片隅から、お光が不安そうにじっと見ていた。

二

大横川《おおよこがわ》沿いにある高山《たかやま》家では、いつものように、吉右衛門《きちえもん》が文机《ふづくえ》の前で算盤《そろばん》を弾《はじ》きながら、頭を抱えていた。

陽射しがあるとはいえ、肌寒いのに障子戸を開けたまま、当家の主人・高山和馬《かずま》はごろんと縁側に横になって、何やら絵草紙を読みながら、ニマニマ笑っていた。

「——はあ……」

吉右衛門は算盤をジャラッと音を鳴らしてから、和馬を振り返った。

「若様……和馬様……どうしますか」

「……はは……ふははは」

人の話を聞きもせず、絵草紙を楽しんでいる様子の和馬に、吉右衛門は心底、呆れ返っていた。深い溜息をついて、

「秋の米切手を貰ったものの、ぜんぶ右から左ですぞ」

米切手は春、夏、秋の三度ある。秋の分は、年収の半分に相当するから、それがぜんぶ借金返済になったということは、今日食べる飯代もないということだ。

高山家は一応、上総《かずさ》一宮《いちのみや》の六ヶ村《ろっかむら》から俸禄を受けているが、蔵米《くらまい》として札差《ふださし》から米切手が渡されている。旗本といっても、わずか二百石であるから、実質の手取りは八十石である。御家を維持するためだけなら充分だが、誰彼構わず〝喜捨《きしゃ》〟するという性癖のために、相変わらず自分は貧乏のどん底である。

米は、藪坂先生からの紹介で、『豊後屋』から安く買っている。この高値の折に、できる限り安値を維持しているからだ。

近年、米の相場は、一升四合で百文程度であったが、今は百文で一升しか買えない。四合も目減りしていた。扶持米とは、一日五合食べることを基にしている。つまり、およそ三食が二食に減る暮らしぶりになる。

もっとも、高山家は一年分の扶持米は現物で受けているから、実際には飢えることはないのだが、困った者たちに分け与えているから、常にジリ貧なのである。

「いやはや……やはり先立つものがないというのは困ったものですなあ」

「だな……」

「何を他人事《ひとごと》みたいに」

「この絵草紙は面白いぞ、吉右衛門。何処か分からぬが、おそらく琉球《りゅうきゅう》のような遠い所に宝探しに行った浪人者が、地元の民に親切を施しているうちに、誤解が誤解を生んで、その国の殿様にまでなってしまう話だ」

「さようですか……ならば和馬様もそこへいらしたら、殿様になれますな」

「うむ。その浪人者の従者の梵吉《ぼんきち》というのが機転の利《き》く男でな、主人を助けるのだ。ははは、まるで吉右衛門のようだな」

「私は機転など利きません。愚直ではありますがね」

「謙遜するな。おまえのお陰で、高山家は潰れずにおり、俺の志《こころざし》も遺憾なく発揮できておる。感謝しておるぞ。せいぜい長生きをしてくれよ、吉右衛門」

「――気持ち悪いことは言わないで下さいまし……」

吉右衛門がふうっと溜息をつくと、和馬は「待てよ」と首を傾げた。

「この絵草紙の話は、まるで俺とおまえのようではないか……絵師は歌麿《うたまろ》の流れを汲む者らしいが、お話は久井杉太郎《ひさいすぎたろう》という戯作者《げさくしゃ》によるものだが、あまり知らぬな」

「聞いたことがありませぬ」

「しかし、なんとなく俺たちがしていることに似ている……もしかしたら、この久井某《なにがし》という者は、俺たちのことを知っていて、ネタ元にしているのかもしれぬな」

「まさか……」

歯牙《しが》にも掛けず、もう一度、算盤を置き始める吉右衛門に、起き上がった和馬が近づいてきてポンと机に絵草子を投げ出した。

「まあ、読んでみろ。きっと俺たちのことを知っている奴に違いない。自分が誰かを隠すために、みな戯作者名を付けるからな。もちろん、異国に行ったり、貴種流離譚《きしゆりゆうりたん》の類《たぐい》を踏襲しているから、殿様になっても違和感がない」

「——若様……絵空事は結構ですから、現実を見て下さい」

「夢か現《うつつ》か幻か……」

「ふざけないで、きちんと聞いて下さい。施しをするなとは言いません。が、幾ばくか抑えれば済む話です」

「待てよ……あいつかもしれぬな」

和馬はふと虚空を見上げた。人の話など聞いていなかった素振りである。

「うむ。そうかもしれぬ。近頃、羽振りが良さそうだし、機嫌もいい。ああ、間違いない。太郎吉《たろきち》に違いない」

手を叩いた和馬はしたり顔になって、

「飯の種ができたかもしれぬぞ、吉右衛門。ちょいと出かけてくる」

と言うと、絵草紙を持ってさっさと出かけていった。

「太郎吉……芸者か……そういや近頃、帰りも遅かったし……まさか、和馬様、あんな辰巳《たつみ》芸者に入れあげてるのでは……」

まるで女房のように、吉右衛門は心配になってきた。

入れ替わりに、千晶が庭から縁側の外に来て、「ご隠居さん」と声をかけてきた。

「和馬様、なんだか急いで出かけていきましたが、何か御用でも？」

「芸者遊びだろう」

「えっ。なんですって、和馬様に限ってそんな……」

「若様も男ですからな、ふほほ」

俄に不機嫌になる千晶に、吉右衛門は冗談だよと慰めてから、

「そんなことより、お布施《ふせ》は勘弁してくれ。まったくの空《から》っケツでなあ」

と袖を振ってみせた。

「そうじゃないんです。実は……」

千晶は連れてきていた淡窓を呼び寄せて、吉右衛門の前に立たせた。

「この御方は、豊後日田で……」

「ああ、広瀬淡窓さんですね。お噂には聞いておりました。ええ、江戸城にて、上様にも謁見なされたとか」

「なんで知ってるの、ご隠居さん……」

「地獄耳だってこと、長い付き合いなのに知らんのかね」

「いや、でも……ま、いいや。淡窓先生が、ちょっとややこしい事に巻き込まれたので、ご隠居さんに匿《かくま》って貰おうと思って」

と千晶は、簡単に殺しのことや古味の探索のことを話して、

「――てことで、やはり頼る人はご隠居さんしかいないので」

「これは願ってもないこと。是非にお目にかかって、お話を聞きたいと願っていたところでした。有り難いことです」

「本当に？　なんか、いつも適当なんだからさあ……」

訝《いぶか》しげに千晶は思ったが、まるで押しつけるようにして、

「では、淡窓先生。何かあったら、ご隠居さんに相談して下さい。名前は吉右衛門さん。こんな感じだけれど、とっても頼りになる人だから、じゃあね」

　と跳ねるように立ち去った。

「──まったく、いつも忙しい女だ……」

　苦笑で見送った吉右衛門の前に、ゆっくりと淡窓が近づいてきた。

「本当に何年ぶりでしょうか。ご無沙汰ばかりで失礼しております」

「いやいや、こちらこそ奇遇も奇遇。まさか、かような所で会えるとは、思ってもみませんでした。すっかり爺《じじ》イになったでしょ」

「それは私も同じです」

　ふたりは懐かしげに、お互いの顔を食い入るように見た。

「さあさあ、狭い所ですが……とはいっても私の家ではございません。小普請組《こぶしんぐみ》旗本の高山和馬様のお屋敷です」

　淡窓は三和土《たたき》石に草履《ぞうり》を揃えて、帳簿や書類などが散らかっている座敷に上がった。

　床の間には小さな掛け軸と花瓶がひとつあるだけで、質素な暮らしぶりが手に取るように分かる。二百石の旗本とはいえ、三百坪ほどの敷地があるから、庶民に比べれば大きな屋敷だが、無駄なものを何ひとつ置いていないことに、淡窓は痛く感心し、

「さすがは、吉右衛門様……素朴なお人柄と相まって、改めて生き様を垣間見た気がします。私なんぞ俗物が良いところで、苗字帯刀を喜んで、江戸まで来てしまいました」

「何をおっしゃる、求馬《もとめ》さん……あ、いや。今はあの頃の求馬さんではありませんな。天下に名だたる淡窓先生ですものね」

座敷の片隅にある炉で茶を点《た》てながら、吉右衛門が言うと、淡窓は照れ笑いをした。

「お恥ずかしい。からかうのは、おやめ下さいまし……しかし、どうして、かような所……といっては失礼ですが、吉右衛門様ともあろう御仁《ごじん》が……」

「なに、気紛《きまぐ》れです」

「気紛れ……それは吉右衛門様らしいですが、一体……」

「主人が若いのに面白いからです……それより、まことご立派になられた。その穏やかな笑みは、若い頃にはありませんでした。ずっと刺々《とげとげ》しかったですからな」

「ご勘弁下さい。でも、吉右衛門様がいなければ、今の私はありません」

「そんな大袈裟《おおげさ》な」

「いえ、本当です。子供の頃、久留米《くるめ》藩の重臣でもあった松下筑陰《まつしたちくいん》先生の門弟に推挙して下さったのはあなた。そして、その後、福岡《ふくおか》藩の儒医だった亀井南冥《かめいなんめい》先生を紹介して下さったのも、吉右衛門様……まだ青年の私には実に刺激が大きかったです」

「なに、私もその頃は若造。あなたの聡明さを見抜いていたお父様が、偉いのですよ。学問の道へ歩ませてくれたのですからね」

「あ、はい……病《やまい》がちだったのもありますが、家業は弟に任せて、私は好き勝手をさせて貰った。医者を志したこともありますが、どうしても儒学や漢学に魅せられましてね」

「それで大成なされた。ご自身の努力の賜《たまもの》ですな」

吉右衛門が丁寧に薄茶を差し出すと、淡窓は作法どおりに茶を味わってから、

「私はまだ、あの時、吉右衛門様から頂いた文を大切に取っておりますよ。辛いことがあった時には、何度も読み返しました」

「またまた大袈裟な」

「いえ、あれは二十二、三の頃でしたか……身の立て方に迷って、吉右衛門様に相談しましたね。生まれつき体が弱いので先々のことも不安であることを」

「………」

「ええ、返ってきた文には、『泣き言を書く暇があれば精進すべし。儒学を究《きわ》める他に何がある。儒学とは己が学び、人に教えることに尽きる。それで飢え死にしたなら、

それもまた天命』とありました」

「そうでしたかなあ……学問で食えねば死ねばいいなんて、そんな無責任な、はは」

困ったように笑う吉右衛門だが、淡窓はもう一度、頭を下げて、

「お陰で、なんとか……」

「いやいや。それは勘違いでしょう。おそらく、あなたの病を診てくれた、肥後《ひご》の儒医、倉重《くらしげ》湊《みなと》様がご教示したのではありませんか。たしか、そんな話を倉重様から聞いたような気がします。淡窓は偉くなったと」

「ええ……？」

「天下に名の轟《とどろ》く広瀬淡窓が、勘違いしていたのでは、門弟は不安になりますぞ」

「いえいえ、たしかに吉右衛門様です。私はまだそこまで惚《ぼ》けてはおりませぬ」

「私は古稀《こき》を過ぎて、もう身も心もぼろぼろですわい、わはは」

豪快に笑った吉右衛門は朗々と、

「子曰《しいわ》く、学びて時に之を習う、また説《よろこ》ばしからずや。朋《とも》遠方より来たる有り、また楽しからずや。人知らずして慍《うら》みず、また君子ならずや」

と吟じてから、「どうですかな、一献」と相手が返事をする前に、厨房の方に酒を温《あたた》めに行った。淡窓は旅の荷物をようやく下ろしたような気分になって、吉右衛門の

後ろ姿を見ていた。

三

置屋《おきや》『玉乃里《たまのり》』を訪ねていた和馬は、逃げまわる羽織芸者を追いかけていた。

羽織芸者は太郎吉といって、浮世絵から抜け出てきたような妖艶な美形でありながら、深川らしい鉄火芸者であった。それが人気の理由で、あちこちのお座敷から声がかかって大忙しだったのである。

「違いますよ……何を勘違いしているのですか……あら、いやだ……ほら、やめて下さいな、若様……あら、和馬様ったらあ」

さして嫌でもなさそうな声と溜息を洩らしながら、太郎吉は鬼ごっこのように逃げている。奥から出てきた置屋の女将《おかみ》・玉枝《たまえ》が和馬を叱りつけた。相手は武士だが、玉枝は女力士のように肥っているから、妙に迫力があった。

「ちょいと高山様。太郎吉と遊びたかったら、ちゃんとお座敷に呼んで下さいませんかねえ。売れっ子ですから、貧乏旗本にはなかなか揚げられないと思いますがねえ」

「これは手厳しい」

和馬は何処かの馬鹿旦那のように、自分のおでこをちょこんと叩いて、

「今日は遊びではなくて、太郎吉に訊きたいことがあってきたんだ。でも、久しぶりだから、からかいたくなってな」

「若様……噂では先祖代々のお宝を売ってまで道楽三昧《ざんまい》してるってことですが、本当に大丈夫なのですか」

「道楽なんてしてないぞ」

「貧しい人に有り金ぜんぶあげるのを、道楽と言わずして何というのですか」

「そのことよ」

ポンと膝を叩いて座ると、和馬は女将にも座ってくれと言った。

「なんです、畏《かしこ》まって……」

「この絵草紙なんだがな。知ってるかい」

和馬は、懐から例の絵草紙を出して見せると、女将はほんの一瞬だけ驚いた。

題名は『貧乏侍夢舞膝枕《びんぼうざむらいゆめまいのひざまくら》』と表紙にある。仕官もできない浪人者が、忠義一筋の中間《ちゅうげん》を連れて、旅から旅をする。時々、現れるご先祖の霊の言うとおり善行を施すうちに、〝わらしべ長者〟のように少しずつ金に恵まれ、しまいには異国に渡って殿様になる話だ。

「これは〝封切り〟されたばかりの絵草紙で、貸本屋から二十四文も出して借りたのだがな……なかなか面白いのだ」

人気の戯作者の本は、二分とか一分とか高い値で売られる。庶民の月の稼ぎの半分だ。だが、貸本も蕎麦《そば》を食って湯屋《ゆうや》に行けるくらいの値段だから、長屋暮らしには贅沢だ。それでも、江戸には六百五十軒以上の貸本屋があり、常に十人にひとりが借りる。それを廻し読みして、江戸で何十万人もの人が本を読んでいるのだ。

「でな、訊きたいのは、この久井杉太郎って戯作者な。これ……太郎吉じゃないかと思ってな。違うかい」

「知りませんよう。私にそんな文才があれば、芸者なんかするもんですか」

「いや、芸者は踊りも謡《うたい》も三味線《しゃみせん》も、他の芸事も何でもできるから、そっちの方が凄いと思うがな。気になるのは、この本の中身なんだ……座敷で俺がおまえに話して聞かせたものも結構ある」

「ああ、和馬様と吉右衛門さんのことですか」

「さよう。もちろん色々と変えてはあるが、貧乏侍なのに色んな人を助けて、そのお陰で暮らし向きがよくなる。いや、ここのところは逆だがな。その挙げ句、殿様になるってのも違うがな、出来事がほら、そっくりなんだよ」

「そうなんですか？」

「章立ててあるだろ。この〝いたち小僧〟や〝幻の天女〟、〝狸穴《まみあな》の夢〟……などは俺がおまえにじっくりと話してやったもんだ」

「覚えてませんよ」

「いやいや、責めてるわけじゃないんだ。実は面白い話はもっとあるから、それをおまえに教える。それを話にして貸本屋がドッサリ買うほどのものにする。で、その一部を深川診療所に寄付してくれないかな」

「えっ……」

「そうすりゃ、この絵草紙の中のとおり、現実も幸せになれるって寸法だ」

太郎吉は思わず和馬の額《ひたい》に手をあてがい、

「大丈夫ですか……そういえば、吉右衛門さんも近頃、和馬様は絵草紙にはまっていて、気もそぞろだと話してましたが」

「頼む。このとおりだ。元はといえば、俺たちの話だろ。困っている人のために、その鉄火肌を見せてくれないかな」

「本当におかしくなったみたいね……道楽も程々にした方がよろしいかと」

さすがに太郎吉も呆れ果てた。すると、玉枝が神妙な表情になって、

「実は若様……それは私が書いたんです」

と申し訳なさそうに言った。

「えっ……」

和馬と太郎吉は同時に吃驚《びっくり》して顔を見合わせた。

「私ね、昔から四書五経《ししょごきょう》みたいな堅苦しいのは頭に入りませんでしたが、絵草紙や浮世絵の類は大好きで、よく妄想したものです」

「妄想……」

「ほら。この辺りじゃ、若様と吉右衛門さんのご活躍を知ってる人は多いけれど、もっと色々な人に教えたくて……お座敷をよく揚げてくれる地本《じほん》問屋『宝栄堂《ほうえいどう》』のご主人・笹兵衛《ささべえ》さんが、私の話を聞いて面白いって、それで……」

地本問屋とは浮世絵や絵草紙屋など娯楽本を作って売る店で、小難しい学術書の類は書物屋《しょもつや》という。『宝栄堂』は人気絵師や戯作者を抱えていて、主人の笹兵衛は〝蔦重《つたじゅう》〟の再来とまでいわれていた。

「なんと……女将さんがねえ……へえ、そんな才覚が……久井杉太郎というのは、女将さんの親戚か誰かの名かい」

和馬が感心しながら、しげしげと玉枝の顔を見ていると、妙にはにかんで、

「いえ……いつも若様が私のことを見て、『食い過ぎだろう』というので……」

「えっ……ひさいすぎたろう、じゃなくて、くいすぎたろう……かよ。あはは、こりゃ一杯食わされた」

和馬は笑いながら手を叩いた。


自分の屋敷に帰ってくると、吉右衛門が珍しく陽気に皿を叩きながら歌っている。昼間来た淡窓と一緒だが、擦れ違いだったので和馬は訝しげに、

「なんだ、吉右衛門。おまえにしちゃ、飲み過ぎではないか」

と窘《たしな》めるように言った。

和馬は下戸《げこ》に近いので、あまり飲まないせいか、酒を飲んで騒いでいる風景を見ていて心地よいものではなかった。

「ご主人の留守中に、失礼をば致しました。私は……」

と挨拶しかけた淡窓のことを、吉右衛門の方から紹介した。

若い頃から学問に励んでいた和馬は、その名を知っており、吃驚して正座をした。

「学問所でも、先生のお言葉を習いました。『生まれつき道を知る者があれば、それは最上だ。学問をした上でそれを知る者が次に位置し、その次は行き当たって必要を

感じて勉学する者。そして最も駄目なのが、知らぬことがあっても、まったく学ぼうとしない者だと……」

「ああ、それは孔子です。私の好きな言葉ですがね」

「孔子ならば、それに似たことばに、『君子に三畏《さんい》あり。天命を畏《おそ》れ、大人《たいじん》を畏れ、聖人の言を畏る。小人《しょうじん》は天命を知らずして畏れず、大人に狎《な》れ、聖人の言を侮《あなど》る』というのがありますが、今時《いまどき》の老中や若年寄は、こんな輩《やから》ばかりです」

「そうですか」

「ええ。ですから、私たちのような貧乏旗本が出しゃばって、貧窮救済をせねばならぬのです。聖人の教えを鼻であしらって、私腹を肥やすことばかりを考えている為政者は、万死に値すると思います」

日頃から思っていることを咄嗟《とっさ》に吐いたのだが、淡窓は穏やかに微笑んで、

「酒を酌み交わしながら、奇特な若様のお話を伺っていたところです。言うは易く行うは難し。なかなか凡人にはできませぬ」

「いや、そこまでは……」

「人助けを道楽などとからかっている者は、相手にせぬに限ります。さすが、吉右衛門様が見込んだことだけあります」

「――吉右衛門が見込んだ……あ、いや、今、淡窓先生は、〝吉右衛門様〟とおっしゃいましたよね。こいつのことを」

「こいつだなんて、罰《ばち》が当たりますぞ」

淡窓が苦笑混じりに言うと、和馬は不思議そうに小首を傾げて、

「先生とはどういう関わりで……」

「学問へ導いて下さった恩人ですよ、吉右衛門様は」

即答する淡窓と吉右衛門の顔を、和馬は交互に見ながら、

「たしかに吉右衛門は何者か分からぬところがある。これまで何度も私自身が助けられた。今も世話になっている。いつぞやは、老中の水野忠邦《みずのただくに》様までが、吉右衛門を下にも置かぬ態度であった」

「さもありなん。その水野様に、苗字帯刀を許されたところです。あ、もしかして、吉右衛門様が裏で……」

吉右衛門は違うと首を振ったが、和馬は興味津々《しんしん》という顔で、

「淡窓先生。この際、吉右衛門が何者か教えて下さいませぬか。近在では〝福の神〟と讃《たた》えられておりますが、よくよく考えてみれば、なぜ俺のような貧乏旗本のところに身を寄せているのか、気になって夜も眠れません」

と訊いた。
すぐに吉右衛門が笑いながら答えた。
「何をおっしゃいます。地震が来ても起きないほど、毎日、よく寝てるではないです
か。まあ堅固《けんご》な証《あかし》ですが」
堅固とは健康という意味である。和馬は今日こそは誤魔化されまいと、淡窓に吉右
衛門の〝正体〟を尋ねた。だが、淡窓も摑み所のない雰囲気で、
「いや実は……私もよく知らんとたい……若か頃、博多《はかた》の河原で寝とったら、『なん
ばしよっとか。こげな所にボサーッとしてたら、人生はあっという間に過ぎるとよ。
おまえさんには学問しか道はなか』と言いながら、顔を覗き込んできたとです。それ
から目が覚めたら、恩師となる亀井先生に出会ったと」
と煙に巻いた。
吉右衛門もトロンとした目で、
「そうだったかのう……こん淡窓先生は、八歳のときには『詩経《しきょう》』を修め、十歳にな
るまでには、『書経《しょきょう》』『春秋《しゅんじゅう》』『蒙求《もうぎゅう》』『漢書《かんじょ》』『十八史略《じゅうはっしりゃく》』などを修め、十三歳で
『孝経《こうきょう》』を代官に講義するほどの英才だったからのう」
「いや、お恥ずかしい」

「この和馬様もなかかの逸材でしてな。私は侍なんぞ辞めて、儒学者にでもなりゃいいのにと、本気で思うてます。その方が世の中を変えられるのではないかとね」

名調子で和馬のことを誉め称える吉右衛門に、淡窓も我が意を得たりとばかり、学問を究めて欲しいと勧めた。

「ですが、今や四書五経どころか、絵草紙ですわい、この若様は」

からかうように吉右衛門が言うと、和馬は大真面目な顔で、

「戯作《げさく》の何が悪いのです。人として大切なことは、みな戯作で学んでおりますぞ。それより、吉右衛門……作者が分かった。聞いてアッと驚くなよ」

と置屋の女将だと話した。

版元の『宝栄堂』の主人・笹兵衛と昵懇で、本にした経緯を伝えると、淡窓は素《す》っ頓狂《とんきょう》な声を上げて、

「その笹兵衛なら、私の門弟だ。実はきのう会ったばかりでな」

「えっ、そうなんですか」

「ああ。それで、藪坂甚内のことも聞いて、訪ねたというわけだ。米問屋『豊後屋』寅左衛門が門弟の有馬喜八郎だとは、とんと知らなかったがな」

「え、あの『豊後屋』の主人も……！」

和馬は自分が関わっていた人たちが、何処かで淡窓と繋がっていると知り、人の縁の不思議さを感じていた。

ふと三人が縁側から見上げると、もう満月が浮かんでいた。

「おお。秋晴れの澄んだ夜空に、綺麗な月が……なんだか、吸い込まれそうだ」

何気なく洩らした和馬の言葉を受けるかのように、淡窓が言った。

「おまえは病がちだし、お天道様じゃないな。お月様になれ。お天道様は世の中を明るく照らすが、沢山の影もできる。だが、お月様は暗闇の片隅にも、さりげなく差し込む……そんな人になれと、吉右衛門様に言われました。あの夜も、こんな月でしたなあ……」

感慨深く溜息をつく淡窓、酒の飲み過ぎでしゃっくりしながら横になる吉右衛門、そして何だか狐《きつね》に抓《つま》まれたような和馬、三人三様に明るい月を見上げていた。

四

同じ夜——深川診療所の勤めを終えて、暗い掘割沿いの道を、お光は帰宅していた。若手医師の竹下真も一緒である。夜遅くなったので送っていたのである。お光の父親がやっている薬種問屋は、主人が殺された米問屋『会津屋』と同じ町内にあった。

「そうかい……そんなに嫌な奴だったのか……」

竹下が訊き返すと、お光は無言で頷いた。

「たしかに評判は悪かったよな。いくら米の値が高いからって、倍はない。人の足下《あしもと》を見て儲けようって魂胆だからな。千晶が怒るのも無理はないはずだ」

「でも、気がかりなことがあるんです」

「なんだい、それは……」

「通りがかりの淡窓という大先生が、とっ捕まえた亀次って遊び人は、しょっちゅう『会津屋』に来てて、米の値を下げろって脅していたんです」

「米の値を下げろ……『豊後屋』の用心棒らしいからな、それで文句を……」

「だからって、殺しをするような人には見えなかったから……」

「しかし、あれだけの血を浴びてたしな。『会津屋』守右衛門を殺した刃物は、たしかに誰の物か分かってないが、間違いないだろう」

「でもね……」

不安そうにお光が声をひそめた。

「私一度だけ、見たことがあるんです。『会津屋』さんの方が匕首で、亀次さんを脅していたのを……」

「脅してた……どうしてだい」

「詳しいことは分かりませんが、『これ以上、しつこくすると、ぶっ殺すぞ。てめえの雇い主が何をしてきたかバラしてやろうか』って言ってました」

「雇い主って、『豊後屋』のことかい」

「だと思いますけど……」

お光が首を左右に振ったとき、近くの路地から、ううっと呻き声が聞こえた。

思わず竹下が覗き込もうとすると、暗がりから商人風の羽織姿の男が、よろめきながら出てきた。とっさに抱きとめた竹下は、その顔を見て、

「あ、『豊後屋』さんではないですか」

と声をかけた。

「え、ああ……あなたは……」

羽織姿の男の方もすぐに、竹下のことが分かったらしく、安堵したように、その場に崩れた。

その顔を見て、お光が思わず、

「あなたは、米問屋『豊後屋』のご主人……では……」

と訊いた。

あまりにも吃驚した様子なので、竹下が訊き返した。

「どうかしたのか、お光」

「あ、いいえ……いつも深川診療所がお世話になっております」

豊後屋の寅左衛門は苦悶の顔で、お光を見たが、小さく頷くだけだった。左腕には、薄い刀傷がついていて、血が流れている。

「どうしたのですか、これは……」

すぐさま手拭いを取り出して、傷口の手当てを始めた竹下に、寅左衛門はもう一方の手で路地の奥を指して、

「妙な輩に、いきなり匕首で斬りつけられて……一緒にいた『辰巳屋《たつみや》』さんが……」

と震える声で言った。

竹下は寅左衛門をお光に任せて、路地に飛び込むと、その奥の方に仰向けに倒れている、やはり商人風がいた。駆け寄ると、喉《のど》の辺りを斬られており、すでに絶命していた。これでは悲鳴を上げられなかったであろう。

「――誰だ、こんなことを……」

その先の通りまで竹下は駆け出たが、怪しげな者の姿はなかった。

「どんな奴でしたか」

元の場所に戻った竹下に問われると、寅左衛門は痛みに耐えながら、

「一瞬のことで、暗かったし……分かりません……」

「とにかく、そこの自身番まで」

寅左衛門に肩を貸して歩き始めると、一足先に、お光が自身番に飛び込んで、「人殺しです」と叫んだ。


翌日——『豊後屋』は大騒ぎであった。立て続けに米屋ばかりが狙われたことで、瓦版《かわらばん》が米の値上げをネタにして、面白おかしく書き立てたからである。

幸い寅左衛門は軽傷で済んだが、『辰巳屋』秦兵衛《しんべえ》の方は喉《のど》を一突きで殺されてしまった。

古味が岡っ引の熊公《くまこう》を連れてきたとき、店の表戸は閉められており、潜《くぐ》り戸から入った。また妙な輩が押しかけてきて、寅左衛門を狙わないとも限らないからである。

「自身番の者から事情は聞いたが、もう一度、話して貰おうか」

公儀御用達だけあって、日本橋界隈でも一際《ひときわ》大きな米問屋である。それでも古味が偉そうな態度なのは、これまで一度も〝袖の下〟を、寅左衛門から渡されたことがな

いからである。

羽織の下の腕の傷口は晒《さら》しで巻いているのであろう。そこを痛そうに押さえながら、

「はい。突然のことで、吃驚しました。その場に、深川診療所の竹下先生が居合わせなかったら、どうなっていたか……」

と寅左衛門は答えた。

「その傷をつけた凶器の匕首は、すぐ近くの溝《どぶ》に、下手人が捨てて逃げたようだが……。深川くんだりまで行っていたのは、どうしてだい」

「『辰巳屋』さんが話があるというので……ご存知のとおり、永代橋東詰《えいたいばしひがしづめ》にお店はありますので伺いまして、富岡八幡宮近くの料理屋で少し飲んでおりました」

「用件はなんだい」

「米の値のことでございます……うちは安く提供させていただいてますが、『辰巳屋』さんは周りに合わせて、もっと高くして貰いたい、でないと、自分たちのような店は客が離れると……」

「殺されたばかりの『会津屋』は、『辰巳屋』より高く売ってたが、そもそも米の値は会所《かいしょ》で決まってるはずだがな」

「そのとおりです。ですが、不作だからといって、高いままだと人々の暮らしが困っ

てしまいます。ただでさえ、粥にして凌いでいる方たちもいるのに、それはもう……米問屋としては見て見ぬふりはできません」

　キッパリと言う寅左衛門を、古味は定町廻り同心らしく、疑り深い目で見つめ、

「立派な考えだな……だが、高値で売る米屋がふたりも殺されたのに、瓦版では下手人《げしゅ》《にん》のことを、まるで義賊扱いだ。これで、米問屋は暴利を貪《むさぼ》らず、値下げするだろうとな」

「そうですか……」

　寅左衛門は神妙な顔で、殺されたふたりの米問屋の主人のことを悼《いた》んで、

「決して暴利を貪っていたわけではないと思いますが、苦しむ人がいたのは確かです。だからといって、殺されていいわけじゃない。私もこのように怪我をさせられました。米問屋を恨む者の仕業でしょうか」

　と不安げに訊き返した。

「さあな……それより、亀次のことは承知しているな」

「はい。とんでもないことですが、私は、亀次はそんなことはしないと思ってます」

「素行の良くない奴だけどな」

「たしかに昔は遊び人でしたが、今はうちの手代です」

「手代だと？　用心棒との噂だぜ」

素っ頓狂な声を古味は上げて、寅左衛門に向かって苦笑いをした。

「おまえと『会津屋』守右衛門は、不仲だと聞いてたがな」

「ですから、それは米の値に対する考えの違いで……恨みとかそういうのではありません。昨夜も『辰巳屋』さんと、米問屋仲間でもう一度、話し合おうと言っていたのです。世間ではまるで米問屋が悪者扱いですから」

「おまえさんだけは評判がいいがな」

「いえ、そんなことは……」

「どうやって、あんな安売りができるのか、俺だって不思議でしょうがないんだ。教えてくれよ、なあ」

「それは……」

「もっとも、こっちは給米だからよ、値が高い方がいいんだが、どうやって安く仕入れているのだ。江戸近在の関東米は安いらしいが、それにしても、半値近いとは安過ぎる」

古味は執拗に責め立てるように、どうやって安く仕入れているのかと訊いた。寅左衛門は渋い顔をしていたが、

「その話も、昨夜、『辰巳屋』さんと話していたのですが……お教え致しましょう」

と膝を整え直した。

「新米に関しては、凶作というほどではありませんが例年より不作ですから、値が高くなって当たり前です。ですが、関八州《かんはっしゅう》の村々には、飢饉《ききん》などのために貯めている米がありますね。私どもは、その古米《こまい》を買うのです」

「古米を……」

「新米は美味《おい》しいですが、古米の方が炊くと水を含んで膨らんで、ほくほくして美味しいという人もいます。米はキチンと管理すれば何年か保《も》ちますからね。いらなくなった米を安く買っているだけです」

「ほう。そうだったのか……」

妙に感心する古味に、寅左衛門は丁寧に伝えた。

「簡単な話です。あちこちの村に足を運んで、庄屋さんに頼んで、余ったのを譲って貰っているのです」

「――そういうことでしたか……」

声があって、潜り戸から入ってきたのは、吉右衛門であった。

後ろから、淡窓が続いてきた。

その顔を見た寅左衛門は、目を見開いて、アッと声を洩らした。

「た……淡窓先生……ではないですか」

「久しぶりだのう、喜八郎。いや、今や押しも押されぬ公儀御用達米問屋の主人……知らなかったとはいえ、大したものだ」

「先生がどうして……」

どうやら淡窓が江戸に来た理由は知らないようだが、

「藪坂甚内に聞いてな。この吉右衛門様とも何十年かぶりかの邂逅を楽しんでいたところだ。いやはや、おまえとももう……」

「十五年ぶりでございます」

「そんなになるかのう。ま、元気そうでなによりだ」

懐かしがるふたりを傍《かたわ》らから見ていた古味が、嫌味《いやみ》な口振りで、

「師弟の再会の喜びもいいが、寅左衛門……この御仁は俺が呼んだのだ」

「えっ……」

「なあ、寅左衛門。おまえは町人になったとはいえ、仮にも武士だったはず。しかも、先生に聞いたところでは、あまり聞いたことがない流派だが免許皆伝だとか」

「…………」

「そのような腕前の者が、たかが匕首で襲ってきた輩に連れを殺され、自分も怪我をするかと思ってな」

明らかに不審がっている古味だが、寅左衛門は不意打ちだったから、躱《かわ》すことも守ることもできなかったと悔しがった。それでも、古味がさらに責め立てようとすると、

「まあまあ、古味様。寅左衛門さんは、うちにも深川診療所にも、米を只同然のような値で譲ってくれております。もちろん、他の病人や食えない人たちにもね」

「だから、なんだ」

「被害を受けたのは寅左衛門さんなのですから、旦那は殺した奴を探して下さい」

「それを今、調べておるのだ。どんな奴だったか、狙われる覚えはないかなどをな。立て続けに米問屋の主人ばかりが狙われた。何かあると考えるのが普通だろう」

「ええ。ですから、今度は、大番屋の牢に囚われている亀次がやってないことだけは、確かでございますよね」

下手人《げしゅにん》は他にいるという目で、吉右衛門は古味を見つめた。

「ま、それはそうだが……」

「ですから、ここのところは私にお任せ下さいませんかね。古味様の手柄を邪魔するどころか、お役に立つと思いますので」

手柄という言葉に弱い古味は、返す言葉に詰まった。事実、これまでも吉右衛門には、何かと手を貸して貰っているからだ。

「──まあ、よかろう……せいぜい旧交を温めるがいい。悲しい別れがくる前にな」

古味は不気味なことを吐き捨てて、熊公を連れて店の外に出た。もっとも、店の近くには熊公を残し、他の下っ引たちにも見張りをさせた。

「いいか、あの淡窓は油断ならぬ奴だ。なんといっても、奴の師匠の亀井南冥はその昔、〝寛政異学《かんせいいがく》の禁《きん》〟の折、お上《かみ》に逆らって、蟄居謹慎《ちっきょきんしん》の処分をされた輩だからな。何か異変があれば、すぐに報せよ」

恨みでもあるような口調で、古味は熊公たちに命じるのであった。

五

その日の夜、『豊後屋』には、藪坂と地本問屋『宝栄堂』笹兵衛をはじめ、十数人の男が集まった。身分も年齢も仕事もバラバラだが、いずれも淡窓の門弟だった者たちである。

「先生、無事息災で何よりです」

「長らくご無沙汰ばかりで、申し訳ありません」

「ご尊顔を拝し、改めて感涙致しております」

「まっとうに生きてこられたのも、すべて先生のお陰です」

「こうして、みんなで集まれるのが幸せです」

などと言葉をかけて、車座になって淡窓を心から労《ねぎら》った。同じ寮暮らしだったとはいえ、門弟であった時期が違うために、初対面の者同士もいたが、遠く豊後の日田への懐かしさも込み上げてきたのであろう。思いの外、親睦が深まって、淡窓も実に嬉しそうだった。

この場には、淡窓の恩人ということで、吉右衛門も呼ばれていた。

「師弟の交わりとは、ほんに良いものですなあ……」

吉右衛門が羨ましそうに眺めていると、集まりから少し離れて座っている寅左衛門が、感慨深げに言った。

「こうして再会できたのも、〝福の神〟こと吉右衛門さんのお陰かもしれませぬ」

「人と人は縁で結ばれているということですかな」

「先ほど、先生からも聞きましたけれど、まさかあなたとも深い繋がりがあったとは……本当に不思議な縁でございます」

ふだんは何かに追い詰められているような顔つきの寅左衛門だが、今夜ばかりは心が癒やされているのか、穏やかな表情だった。だが、どことなく淡窓を避けている様子である。破門された身だからであろうか。

「私も若い頃、我が師と仰いでいた人から、『二度と顔を見たくない』と突き放されたことがありましてな……」

唐突に、吉右衛門は独り言のように話し始めた。横目でチラリと見た寅左衛門には、憂いが浮かんでいる。

「こっちには理があり、義を通しているつもりでしたが、なんと言いますか……独《ひと》り合点《がてん》だと思われたのでしょうな。それでも私は、自分が正しいと思っていたから、信念を曲げませんでした。人に迷惑をかけるのも顧みずというやつですかな」

「…………」

「目的のためなら手段を選ばずというか……はは、若気の至りです」

吉右衛門が振り向くと、寅左衛門は思わず目を合わせるのを避けて、苦笑いをし、

「そうですか……ご隠居さんでも失敗談はあるのですね」

「私だって若い頃はあったのですよ」

「はい……」

「でもね。どんなことがあっても、人を殺《あや》めるとか、人を貶《おとし》めるとかはしなかった。人として当たり前のことですがね」

「ええ……」

「淡窓先生からは沢山のことを教わったと思いますが、一言で言えば、『自分に嘘をつかず、人を傷つけず』ということでしょうかね。世の中が良くなるには、そういう人が増えればいいだけのこと」

微笑みかけながら、吉右衛門は透き通るような声で、

「力尽くでやっても、世の中が変わることは、まずないのですよね。少なくとも人の心が、良くなったかどうかは分かりません」

「…………」

「一《いち》を以って之《これ》を貫《つらぬ》くとか、義《ぎ》見てせざるは勇無《ゆうな》きなりは結構なことですが、一歩間違えば、自己満足ともなりかねません」

その声が雑談をしている門弟たちにも聞こえたのか、一斉《いっせい》に振り返った。何処にでもいるただの爺さんにしか見えないが、淡窓の恩人であることは、最初に報されていたので、みんなは「そのとおりだ」と頷いていた。

するとほろ酔い加減の淡窓がゆっくりと立ち上がり、

「君子の九思《きゅうし》……つまり心がけること、散々、塾でもやったと思うが、初心忘るべからずじゃ。言うてみい」

と声をかけた。

車座になっていた者たちが、すぐにひとりずつ順繰りに、

「視《み》るには明《めい》を思い」「聴《き》くには聡《そう》を思い」「色《しき》には温《おん》を思い」「貌《かたち》には恭《きょう》を思い」「言《こと》には忠《ちゅう》を思い」「事《こと》には敬《けい》を思い」「疑《うたが》わしきには問《もん》を思い」「忿《いかり》には難《なん》を思い」「得《う》るを見ては義《ぎ》を思う」

と寺子屋の子供のように述べた。

「あはは。よう覚えてたな……物を見るときはハッキリ見る。聞くときは誤りなくしっかりと聞く。表情はおだやかに。態度は上品に。言葉は誠実に。仕事には慎重に。疑問があれば質問し、見境なく怒らず、道義に反して利益を追わないこと……なかなか難しいことだが、吉右衛門様は、まさしく実践してきた御仁だ。みなも追いつくように、日々、精進するがよいぞ」

淡窓が月光のような柔らかいまなざしで話すと、一同は爽やかな顔で頷いた。中でも、『宝栄堂』の笹兵衛は立ち上がって、

「世の中の人々がみな、淡窓先生の門弟のような人間ばかりになれば、争い事もなく、

助け合って、より良い世の中になります。これからも、江戸にいる私たちも、時にこうして集まって、世のあり方、人としての生き様、教えとは何かなどを語り合いましょうぞ」

と訴えた。

「おまえが言うな」

「そうだ、そうだ。最も先生の教えを守らなかったのは、何処の誰だ」

「とても世の中の役に立たぬ本ばかり出してるじゃないか」

「金儲け一筋の悪徳地本問屋」

などと声が飛んできた。もちろん親愛を込めた冗談であるが、笹兵衛は笑って頭を掻きながらも、

「過《あやま》ちて改めざる、これを過ちという……私は毎日、改めてる。淡窓先生は『万善簿《まんぜんぼ》』というのを毎日付けていて、良いことをしたら丸を、怠《なま》けたり間違ったことをしたと思ったら黒丸を付けていらっしゃる」

「みんな知っておるぞ」

誰かが茶々を入れたが、笹兵衛はみんなを見廻して、

「だったら、みんなもやってるか？　私は真似てやってますが、毎日、丸ばかりで

す」

「嘘つけ」

「ですので、『万善簿』という書名で、いわば日誌帳として、本にして売り出したいのですが、宜しいでしょうか、先生」

「やっぱり金儲けの悪徳商人じゃないか。笹兵衛、こら控えおろうッ」

からかう声がまた飛んできて、座はまた雑談で湧き上がったが、誰もが小さな「一日一善」を心がけていることは、吉右衛門にも伝わってきた。

「まさに良き日だ……」

なんだか嬉しくなった吉右衛門も、まるで門弟に囲まれている気分なって、秋の夜長を楽しんだ。やはり月が笑っていた。

だが、寅左衛門だけは浮かぬ顔で、ぼんやりと月を見上げていた。

翌朝、障子から差し込む朝日にハッと目覚めた寅左衛門は、寝汗をぐっしょり掻いていた。気持ち悪そうに寝間着をはだけると、這うようにして布団から出た。

「随分と飲んだようですね」

声があって障子戸を開けて、廊下から入ってきたのは、亀次であった。

吃驚して見やった寅左衛門に、亀次は微笑みかけながら、

「幽霊でも見るような顔をしないで下せえよ。下手《へた》すりゃ、あっしの首が飛んでた」

と野太いが低い声で言った。

「解き放たれたのか……」

「へえ。旦那が町奉行所に嘆願書を出してくれてたお陰です」

「そうか……遠山様は聞き入れてくれたか」

「さすが公儀御用達商人でございますね。何もかも揉み消すことができる」

「余計なことを言うな」

「古味って馬鹿同心も調べ直さざるを得ず、『会津屋』守右衛門の方が俺を殺そうとして、自分で誤って刺したと判断しやした」

「………」

「俺は助けようとしたんだ。だけど、守右衛門の奴が『俺に刺された』なんて嘘をついて、深川診療所に駆け込んだんだ。俺は下手人にされちゃたまらねえから逃げようとしたら、あの淡窓って奴に……旦那のお師匠さんとは知りやせんでしたがね」

亀次が話すのを、寅左衛門は汗を拭いながら、黙って聞いていた。

「旦那が一芝居、やってくれたお陰で、俺は助かりました」

「一芝居……?」


「……分かってやすよ。誰にも言いやせん。邪魔だった『会津屋』と『辰巳屋』がいなくなって、よかった……その腕の傷も自分で付けたんでやしょ」

「……」

「でも奉行所には、医者の竹内とお光も来てくれて、旦那が襲われた時の話をしたそうですよ。深川診療所に米を譲ってくれている徳のある人であることもね。おまけに
……」

話しながら亀次は微笑を浮かべた。

「お光は、旦那のことを命の恩人とまで言ってましたよ」

「命の恩人……」

「俺には何のことだか分かりやせんがね……逆に守右衛門は酷《ひど》い奴で、俺のことを常々、刃物で脅していたってことまで、証言してくれやしたよ。だからお解き放ちってわけで」

そこまで話して、亀次は手を差し出した。何の真似だと寅左衛門が訊くと、

「もう旦那とは縁を切りてえんですよ。なんだか身の周りが嫌な感じになってきたんでね。解き放たれても、俺のことを岡っ引は張ってるみたいだし、昔のことを穿《ほじく》り返

されるのもねえ」

「そうか……そうだな……」

仕方がないという様子で、寅左衛門は気弱そうに頷いて、

「店の帳場から、好きなだけ持っていけ」

「いいんですかい」

「ああ。長い間、世話になった……おまえには心から感謝しているよ」

「そんなこと言って、後ろからバッサリってことはないでしょうね」

「心配するな。そんなつもりなら、奉行所に嘆願なんぞしない」

寅左衛門が真顔で言うと、亀次は愛想笑いをして、

「さいですよね。では遠慮なく戴いていきやす。旦那ともこれっきりということで。安心して下せえ。あっしは義理に厚いので」

と頭を下げて帳場に向かった。

亀次は金庫から封印小判を数個摑むと、側《そば》にあった店の巾着袋《きんちゃくぶくろ》に詰め込んで、潜り戸から表に出た。秋晴れの眩《まぶ》しい光の輪が、亀次の全身を包み込んだ。

振り返ると立派な軒看板も輝いている。

「まったく、何を考えてんだか……サッパリ分からねえ」

ぽつり呟いて、亀次が立ち去ろうとすると、目の前に熊公が立った。元は勧進相撲の力士だけに、見上げるほど大きかった。一瞬、後退《あとずさ》りをした亀次の腕を、熊公はすぐに摑んで捩じり上げて、

「恩ある人に、さっそくの裏切りかい」

と巾着袋を取り上げた。

「ち、違う……これは餞別《せんべつ》にくれたんだ……ほ、本当だ。いてて……」

「餞別にしちゃズッシリしてるな。自身番まで来てもらうぜ」

「ほ、本当だ。いてて……主人に訊いてくれよ……」

「この話じゃねえ。おまえがやらかした別の殺しの話だよ」

「こ、殺し……なんのことだ」

「いいから、来な」

亀次は痛みに悲鳴を上げながらも、熊公に引きずられていった。

六

その翌日のことである。

深川診療所に、大八車十台分くらいの米俵が届けられた。門前に停止したのを、集まってきた患者たちも吃驚して見ている。

「どうしたというのだ、これは……」

診察室から出てきた藪坂も驚きの目で、人足頭《にんそくがしら》に訊いた。

「日本橋の『豊後屋』さんからです。なんでも店を畳むので、蔵に残っていたのは、すべて藪坂先生の診療所にって」

「えっ……いや、ご苦労だったな……」

戸惑いを隠しきれない藪坂だが、見ていた患者たちは単純に喜んだ。ここに来れば、銀シャリが食べられると思ったのであろう。しかし、突然のことに藪坂は、後で事情を聞きに行こうと思った。

「先生。大丈夫なんですか……店を閉めるだなんて、何があったのでしょう」

傍らに来た千晶も不安げに訊いた。その横で、お光も心配そうに様子を窺っている。

「うむ。寅左衛門は、同じ淡窓門下だが、まさか米問屋をしてるとは、俺も近年まで知らなかった。もっとも、昨夜も、どうやって公儀御用達商人にまで成り上がったのかと、淡窓先生も尋ねていたが……寅左衛門はあまり話したくなさそうな感じだった」

「藪坂先生も聞いたことがないのですか」

「前の主人が水死したので、遠縁の者で番頭をしていた寅左衛門が、後を継《つ》いだとのことだった」

「水死……なんだか嫌な感じですね……」

千晶が顰《しか》めっ面になると、お光は何かが胸に痞《つか》えたように息が荒くなった。すぐに気付いた藪坂が軽く背中を撫でて、

「どうした……近頃、忙しかったから疲れたのであろう。家に帰って、麦門冬湯《ばくもんどうとう》を処方して貰えばよかろう」

「いえ、大丈夫です」

「無理をするな。看病する側が倒れたら、患者にも迷惑がかかるからな」

心配そうに言う藪坂に、お光は怯《おび》えたような顔になって、

「『豊後屋』のご主人、何か悪いことでもしたのでしょうか……」

「どういうことだい」

「だって、誰かに襲われたし……『会津屋』さんや『辰巳屋』さんと違って、病人や貧しい人たちには、あんなに親切にしているのに、どうして店を畳まなければならないのでしょう」

「気になるのかい、寅左衛門のことが」

「え、ええ……」

「そういや、竹下から聞いたが、寅左衛門が襲われたとき、おまえは寅左衛門の顔を見て吃驚したそうだな。なんだか、訳がありそうだったと竹下が言ってたが、何かあるのか」

藪坂が訊くと、お光はさらに困惑した表情になって、小さく咳払《せきばら》いをすると、

「なんでもありません……先生のおっしゃられるように、今日は帰らせて戴きます」

と頭を下げて、おぼつかない足取りで立ち去った。

「──何かあったのかしら……」

千晶が心配そうに見送ると、藪坂は深刻そうに、

「分からぬが……お光は『金峰堂』の本当の娘ではないのだ」

「えっ……」

「実は、数年前、まだ十一、二の頃に、行き倒れになってな……たまさかうちに担ぎ込まれたので面倒を見たのだが、父親らしき男は労咳《ろうがい》が酷く亡くなってしまい、『金峰堂』の夫婦が預かってくれることになったのだ」

「そうだったの……親がいないのなら、私と同じだ……だから、ここで奉公すること

になったんですね。先生みたいになりたいと」

「利発で働き者だから楽しみなのだが……なんだろうな……どこか翳《かげ》りがあるのは仕方がないが、『豊後屋』のことで、何か気がかりなことがあるようなのだ」

「その親切な『豊後屋』さんも、いきなり店を閉めるなんて……やはり襲われたことと関わりがあるんでしょうか」

「うむ……」

「それとも、他の米問屋と足並みを揃えず、安く売っていたことで、仲間外れにされ、やめざるを得なくなったとか……」

「とにかく、後で寅左衛門に会ってみるよ」

藪坂の胸には嫌な思いが去来したが、患者が待っている診療室に戻ると、すぐに千晶もついていくのだった。


内藤新宿《ないとうしんじゆく》に行くには、手前の四谷《よつや》の大木戸《おおきど》を抜けなければならない。そこには、役人が数人立っており、江戸へ出入りする者を見張っている。天保《てんぽう》の世にあっても、〝入り鉄砲に出女《でおんな》〟は徹底していた。

手っ甲脚絆《きやはん》という姿の寅左衛門が、行商ら旅人に混じって現れた。甲州《こうしゆう》街道を西

に向かうつもりのようだ。役人には道中手形を見せ、そのまま通り抜けようとしたとき、

「淡窓先生なら、高輪《たかなわ》の大木戸から品川宿《しながわしゆく》に向かいましたぞ」

と声がかかった。

大木戸の傍らにある待合小屋に、なぜか吉右衛門が座っていた。よいしょと杖《つえ》を支えにして立ち上がり、

「東海道《とうかいどう》の旅をしばらく楽しむとのことです。生まれつき体が弱いらしいけど、まだ若いから、羨ましい限りですわい」

と寅左衛門に近づいてきた。

「ご隠居さん……どうして、ここへ……」

「いえね。うちの若様が、『豊後屋』さんには何かあったのに違いないと心配して、色々と調べていたんですよ」

「うちのことを……」

「ええ。小普請組の小身《しようしん》旗本に過ぎませんがね。和馬様もああ見えて、結構、遣《や》り手なのでございますよ」

遠山左衛門尉とは昵懇との噂は流れているし、役職も色々と取り沙汰されているが、

就任を断っていることも美談として伝わっていた。

――貧しき者や病める者に手を貸すことが人の道だとの信念で、惜しげもなく俸禄を投げ出している。

ということは、寅左衛門も承知していた。だからこそ、深川診療所や高山家にも米を譲っていたのだ。

大木戸の近くには、見送りや出迎えの茶店も何軒かある。

「立ち話もなんですから、ちょっとだけ宜《よろ》しいですかな。いつも世話になっているのに、このまま別れるのも寂しいのでね」

「いや。ちと急ぎますので……」

寅左衛門は迷惑そうに口元を歪めて、先に行こうとしたが、

「お光ちゃんがね、捕まったんです」

「えっ……？」

「あの意地悪な古味の旦那に……あの人は子供だろうが年寄りだろうが容赦ないですからな……恐らく南茅場町《みなみかやばちょう》の大番屋の牢にいると思いますよ」

大番屋とは吟味《ぎんみ》与力が来て、重大な事件の〝予審裁判〟を行う所である。そこの牢に留《と》められているとは、よほどのことだ。

「――お光というのは……」

「藪坂先生の所にいる見習いで、薬種問屋『金峰堂』の娘です……何者かに襲われたとき、竹下先生と一緒にいた娘……覚えておりませんかね」

「え、ああ……」

顔はよく覚えていないと寅左衛門は言ったが、訝しげに問い返した。

「その娘《こ》が、何をして大番屋なんかに……」

「昨日、おたくの亀次が店の金を盗んで逃げたところを、岡っ引の熊公が捕らえました。でも、主人がくれたと言い張ってて」

「そうです。やったのです」

「三百両もですか」

「ええ。あいつには色々と世話になったものでね。店を畳むと決めましたから……」

「それにしても凄い金ですねえ。それはともかく、熊公が亀次をしょっ引いたのは、その金のことじゃなく、人殺しについてです」

「『会津屋』のことなら疑いが晴れたんじゃないのですか」

「いえ、別の事件ですよ」

「――別の……」

「ええ。あなたの先代、『豊後屋』の主人・丹兵衛《たんべえ》さんが、大横川から引き込んだ堀《ほり》川《かわ》で溺れ死んだ一件……それについてです」

「どういうことですか……」

「分かりませんか」

「いえ、まったく……」

寅左衛門は首を横に振ったものの、落ち着きのないまま、大木戸に向かった。その背中に、吉右衛門は声をかけた。

「心配しなくても、亀次は自分がやったことだと自白しました」

立ち止まった寅左衛門だが、振り返ることはなかった。それでも、吉右衛門はまるで全てを知っているかのように続けた。

「それでいいんですよね。亀次が『豊後屋』の先代を堀川に突き落とし、這い上がろうとしたのを、亀次がさらに蹴落として水の中に沈めたんです」

「…………」

「その時、たまたま、お光が通りかかって、見ていたんです。月夜でしたが薄暗かったから、ハッキリとは顔は見えなかったけれど、亀次に間違いないと証言しました」

吉右衛門は寅左衛門の背中に近づきながら、

「お光はまだ十二歳だったらしく、江戸に来たばかりで行き倒れ、父親は労咳が酷くて死んで、『金峰堂』に預けられたばかりでした……怖かったから、その場から逃げたそうですよ……でも、その夜のことは今でも夢に見るそうです」

「…………」

「可哀想にね……その時は子供だったし、見間違いかもしれないと思い、養親《おや》にも話さなかったそうです……お光が悪いことをしたわけではないのですが、殺しを見たら届けねばなりませんからね。子供とはいえ、罪はあります」

立ち止まったままの寅左衛門の前に来た吉右衛門は、その顔を見上げた。

「でも、あれから五年経って、色々と物事も分かってきた……だから、『会津屋』の一件も、お光はどことなく冷めて見ていた。私もそんな感じがしてました」

「私は、お光という娘のことは……」

分からないと言い捨てて、寅左衛門は駆け出して大木戸を潜っていった。格子の向こうに遠ざかる寅左衛門の背に、

「先代の主人のことではないですか。気にならないですか。豊後から逃げ出したように、また逃げるのですか。どこまで逃げても自分の影だけはついてきますぞ」

と吉右衛門は声をかけたが、どんどん姿は小さくなっていくばかりであった。

七

南茅場町の大番屋の詮議所には、亀次が殊勝な面持ちで座っていた。その前には、吟味方与力の藤堂逸馬《とうどういつま》が能吏然《のうりぜん》とした態度で座しており、傍らには古味がいた。片隅には、和馬が臨席している。藪坂を通じてお光をよく知る者として、遠山奉行から吟味に立ち合えと命じられてのことだ。

そのお光は、暗い顔で和馬の横に座っていた。

どんよりとした空気が漂っている。

俯《うつむ》いている亀次は、これまでに何度も呼び出され、こういう場に座らされることに慣れているのか、異様なほど落ち着いていた。

「では、亀次……おまえは五年前、材木問屋『豊後屋』の主人・丹兵衛を溺れ死なせたことを認めるのだな」

藤堂が念を押すように確かめると、亀次はすっかり借りてきた猫のようになって、

「はい。そうでございます」

と丁寧に答えた。

「おまえは、古味が調べたとおり、奥州七北田《おうしゅうなきた》近くの大沢《おおさわ》から、十年ほど前に出てきて、江戸のあちこちの普請場で働いていたが、食い逃げをして牢送りになった。それから繰り返し掏摸や置き引きなんぞをして、奉行所の世話になってるな」

「若い頃の話でさ……」

「そうした積み重ねで、人を殺しても平気な人間になるのだ」

「どうも相済みません」

すっかり居直っている態度の亀次に、藤堂は詰め寄った。

「いま一度、訊く。先代『豊後屋』をそんな目に遭わせたのは、何故だ」

「しつこいでやすねえ……先代の丹兵衛は、『会津屋』に輪を掛けたようなごうつく野郎でね、一合の米でも恵むことはなかった」

「……」

「物乞いをする連中は、そもそも働くつもりがねえ奴らだ、人様の懐ばかりあてにするさもしい連中だ、性根が曲がってるんだ。生きてる値打ちもない……なんて言って、火事で焼け出された者たちに、お救い米すら出さなかった」

必死に訴える亀次を、藤堂はじっと見つめている。

「知ってやすでしょ、与力様。米問屋組合ってなあ、人々が困ったときには、お救い米を出し合う決まりがあるんでやすぜ。俺が生まれた貧しい村だって、庄屋は米を備蓄してて、いざというときには配る。なのに、『米は売り物だ』なんて言いやがる」

「売り物ではないのか」

「当たり前じゃねえか。米は天の恵みだ。何処の誰が作ったたってんだ。百姓衆だって、自分が作ったなんて思ってねえ。天から授かったものを育ててるだけだって言ってらあ」

「なるほど」

「だとしたら、米問屋や札差なんざ、天から授かった米を配ってるだけじゃねえか。その駄賃が米代みたいなもんだ。なのに、米を扱ってるだけで、生殺与奪《せいさつよだつ》ができるとでも思ってやがる。その最たる者が、『豊後屋』だったんだよ」

亀次は自説を縷々《るる》述べた後で、たまたま丹兵衛が弱い者虐《いじ》めをしているところを見かけたと言った。

「弱い者虐め……?」

「ああ。丹兵衛は用心棒の浪人を連れて、何処かに出かけていたのだろう……子供の物乞いが何人かいて、通りかかった丹兵衛に縋《すが》っていた。両手で水を掬《すく》うように、こうやってよ」

自分でもその仕草を真似てみせて、

「――『米屋の旦那様、ちょっとでいいから分けてくんろ。もう何日も食ってねえ。おっ母《かあ》は病だし、おっ父《と》うもいねえんだ……お願いだよ、助けてくんろ』ってな泣きながら、手を差し出すんだ」

と、亀次は自分がその子供であるかのように話した。

「でもな、丹兵衛は無視だ。無視どころか、『汚いねえ。その辺の草でも食ってな』と足蹴《あしげ》にしたんだ」

「そんなことを……」

「たまたま見ていた俺は、そこに駆け寄って、なけなしの金を出して……」

その時のことを、亀次は再現するかのように懸命に語った。

「『お願いだ、旦那様。少しでいいから分けてやってくれねえか。このとおりだ』と頼んだんだ。そしたら、なんて言ったと思う」

「…………」

「『貧乏人に食わせる米はない』……だぜ。それでも、俺が土下座《どげざ》して巾着袋を差し出すと、それを掘割に投げ捨てて、笑いやがった。そして、『そこに水はたんまりある。子供と一緒に飛び込んで飲んだらいい。なかなか、美味《うま》いもんだぞ』とからかったんだ」

人の金を投げ捨てておいて、そのようなことを吐き捨てる丹兵衛に、亀次はカッとなって思わず突っかかった。すると、丹兵衛はすぐに用心棒の浪人に、「おい」と声をかけた。

とたん、用心棒は刀を抜き払った。その切っ先を亀次に向けてきたが、次の瞬間、振り返り様、丹兵衛の首の辺りに峰打ちをあてがい、掘割に蹴落とした。

ほんの一瞬のことに、亀次は驚いたが、用心棒は「おまえが水を飲め」と悪態をついて、掘割の中で足掻《あが》いている丹兵衛を見捨てたまま立ち去った。

そのとき丹兵衛はまだ意識があって、必死に手を伸ばして這い上がろうとしていたが、亀次も怒りが込み上げてきて、

「本当だ。おまえが飲め。美味いんだろ」

と伸ばしてきた手を踏みつけ、水面から出そうとする顔を沈めた。

「自分でも、どうしようもないくらい腹が立って、これまでの酷え暮らしも、こんな奴らのせいだったんだと思って、殺したい気持ちになりやした……」

「…………」

「生きてる値打ちもねえのは、こいつの方だって思いやした」

体中に力を込めていた亀次が、ほっと両肩を下げて、

「――子供たちは、怖くなったんでしょう。みんな逃げてた……でも、ひとりだけ残って事の始終を見てやした。それが……」

「私です」

と、お光が明瞭な声で言った。

藤堂と和馬はもちろん、この場にいる者たちも驚いて、お光を見やった。

「亀次さんだと知ったのは、後になってのことですが、心の中で私も、溺れる丹兵衛を見ながら、ざまあみろと思いました。その何日か前に、お父っつぁんも物乞い同然に、丹兵衛から酷い仕打ちにあってましたから」

「労咳が酷くて亡くなったという……」

藪坂先生から聞いていたと和馬が話すと、お光は小さく頷いて、

「はい。藪坂先生が看取ってくれたのは、この事があって半月ほど後のことでした」

「そんなことが……でも、おまえは見たことを黙っていた。亀次に脅されたのかい」

優しく藤堂が訊くと、お光は首を振って、

「いいえ」

とハッキリ答えた。

「私は誰にも言わないと心に決めました。自分も同じ人殺しだと思ったからです」

「自分も同じ……」

「はい。亀次さんは逃げるどころか、『怖いところを見せてごめんな』と抱きしめてくれました……そして、米は俺がどっかから持ってきてやるからって。だから、私……」

痛ましい光景を思い浮かべて、和馬はやりきれない気持ちになった。

亀次はすべて話して安堵したように、深い溜息をついて、

「でもな、驚いたのは、丹兵衛の葬儀が終わって何日か後だ……『豊後屋』の様子を伺いに行ったら、なんと、あの用心棒だった浪人が、主人に収まってたんだ。それが、寅左衛門だよ」

「なんだと」

「何がどうして、そうなったのか、俺にはサッパリ分からなかったが、寅左衛門は俺の顔を見て、こう言ったんだ……『一緒にやらないか。貧しい者、病める者を救うために』ってな」

「…………」

「丹兵衛は少し酔っていたのもあったから、掘割に足を滑らせて溺れたってことにな

ってた……寅左衛門が何処の誰兵衛かは知らないが、あの夜の事には触れないので、俺は言いなりになってた」

亀次は自分を納得させるように、

「そしたら、寅左衛門は本当に良いことばかりしてた。問屋組合肝煎《きもい》りにも取り入って、米の値を上げることには反対だと、一生懸命訴えたりしていた……俺は、これでいいんだと思うようにしやした」

と静かに言った。

しばらく沈黙が淀んだ。亀次の横顔をじっと見つめていたお光は、

「与力様……亀次さんが人殺しなら、私も同じです……どうか裁いて下さい」

と切々と訴えた。

藤堂は正直、困ったような顔になったが、

「お光は殺しはしてない。だが、伝えなかった罪はある。そして、亀次……おまえは自白したし、お光という証人もいるから、殺しの罪で裁く。ただし……」

と一息置いて、続けた。

「その当時、お光はまだ子供だ。御定書第七十九条に拠れば、罪一等減じた上で、親に預け置くことになっておる。ゆえに、『金峰堂』にて面倒を見て貰い、深川診療所

にて無償にて働くことを命じる」

「えっ……」

それでは、これまでとあまり変わりがないではないかと、お光は訴えようとした。

その気持ちが分かっているかのように、藤堂は頷いてから、和馬に訊いた。

「如何ですかな、高山様」

「俺には何の権限もないが、遠山奉行ならば、そう判断するでしょうな」

「奉行によるお白洲では変わるかもしれぬが、吟味方与力としてはそう判断する。そして、亀次……おまえには死罪を言い渡す。いかなる事情があろうとも、人を死に追い込んだことは間違いのないことだ」

「承知してやす……」

潔いくらいに頷いて、亀次は深々と頭を下げた。

その時、表戸が開いて、寅左衛門が飛び込んできた。手っ甲脚絆姿のままである。

すっかり表は暗くなっているのか、土間を月光が射していた。

「違う。殺したのは私です」

寅左衛門は覚悟を決めた顔で言った。

藤堂が誰何《すいか》する前に、寅左衛門は自ら名乗り、丹兵衛を殺したのは自分であって、

亀次もお光も関わりないと言った。今更、何を言っても、ふたりを庇《かば》っているように
しか聞こえないが、和馬が声をかけた。
「吉右衛門が言うておったぞ。自分が捕まれば、他の門弟の恥になると思ってのこと
だろうが、このまま逃げれば、淡窓先生の顔に泥を塗るだけだとな」
「――そのとおりです……逃げても、月が追いかけてきました」
土間に座って、寅左衛門は両手をついた。
「申し訳ありませなんだ。拙者、元杵築藩藩士・有馬喜八郎……淡窓先生に入門して
いた折、天領である日田代官支配の郡奉行・立花五郎左衛門《たちばなごろうざえもん》が、年貢米を着服したこ
とに義憤を覚え抗議をしましたが、改めようとしないので、惨殺しました」
「…………」
「破門をされ、そのまま諸国を転々とし、『豊後屋』という屋号に縁を感じて、用心
棒として仕えておりましたが……」
その後の話は、今し方、亀次が話したとおりである。
「ですが、あの後、亀次たちが去ってから、しぶとく丹兵衛は這い上がってきました。
私はそれへさらに一撃を加えて、沈めました。その後、番頭を脅し、店の鑑札を私の
名……寅左衛門に替えさせました。番頭は何人かの手代を連れて、店を出ていきまし

たが、主人が誤って溺れたことは、微塵たりとも疑っていませんでした」

「それで、跡継ぎとなった……いや、成りすましたのだな」

藤堂がきつく言うと、寅左衛門は素直に頷いて、

「世の中はおかしい。石が流れて木の葉が沈むようなことばかりだ。だが、誰も彼も仕方がないと諦めてばかり。だから、世の中を変えるためには、手段を選ばないと私は決めたのです」

「それで、どうなった」

今度は和馬が口を挟むように訊いた。

「悪い奴を殺したからとて、世の中が良くなったかな」

「…………」

「あなたがやったことは、人の米を盗んで、他人に恵んだだけのことだ。そうとは知らず、俺たちも有り難く受け取っていた」

「も、申し訳ありませんでした……」

「世の中を変えるには、人を変えるしかない。人が変われば世の中が変わる……あなたも淡窓先生の爪の垢《あか》を煎じて飲んで、人を育《はぐく》むところから始めるべきでしたな」

「…………」

「しかし、我ら武士が、百姓の作る米の上で胡座《あぐら》を掻いているのは事実だ。あなたの義憤もよく分かる。だが、人を殺すのは断じてあってはならぬ。たとえ極悪人であってもだ……あなたがお救い米で人々を助けてきたとしても、人殺しという罪は消えぬ……俺は、そう思うがな」

和馬が思いの丈を述べた。が、寅左衛門が自分が犯したことを悔やんでいるのか、それとも間違っていなかったと思っているのかは、分からない。

「自分には嘘をつかなかった。だが、人を殺《あや》めてしまった……」

頭を垂れて嗚咽《おえつ》する寅左衛門を、差し込んできた月光が包み込んだ。

亀次とお光は眩しそうに、寅左衛門の姿を見ていたが、藤堂はふたりに対して、

「裁きを改める……」

と言って、静かに述べ始めたが、和馬の耳には入ってこなかった。ただただ、理不尽極まりない出来事に触れて、虚しさと儚《はかな》さが去来した。同時に、お光の心を、何とか救いたいという思いが強かった。

第二話　狐《きつね》の嫁入り

一

血のような赤い月の下、凜《りん》とした顔だちの若侍が、何処《どこ》へ行くのか颯爽《さっそう》と歩いている。かなりの急ぎ足である。

深川は富岡八幡宮の参道を、西から東へと向かっている。

宵も深まっているが、何軒かの小料理屋や飲み屋は開いており、蕎麦《そば》や寿司《すし》、おでんなどの屋台も出ていた。縁日ではないが、町木戸が閉まるまでは、晩秋の肌寒い時節になっても、そぞろ歩きの人の足は減らなかった。

若侍が富岡八幡宮の鳥居を過ぎて先に進んでいると、路地からふいに出てきた、数人の侍の群れとぶつかりそうになった。

思わず若侍は、バサッと袴《はかま》の音が鳴るほどの勢いで跳ねて避《よ》けた。

「なんだ、大袈裟《おおげさ》な……」

数人の侍たちはいずれも紋付き羽織を着ており、大名か旗本の家臣のようだ。若侍は軽くいなすようにして、目もくれず先に進んでいたが、数人の侍は何が気に入らないのか、ぞろぞろと若侍を追った。一杯引っかけている様子だが、ハッキリとは分からない。

そして、追いついたかと思いきや、侍のひとりが、わざと鞘当《さやあ》てをした。

――ガチッ。

と激しい音がした。

だが、若侍は「これは、すまぬ」と言って、そのまま立ち去ろうとした。その前に、ずらりと立ちはだかった侍たちは、気色《けしき》ばんで刀の柄《つか》に手をあてがった。

「おい、若造。武士が鞘当てして、謝《あやま》って済むと思うてか」

「申し訳ござらぬ。急いでおりましたゆえ」

「言い訳はよい。尋常に勝負しろ」

たしかに鞘当ては無礼だが、わざと当てたのは侍たちの方だ。理不尽極《きわ》まりないが、若侍は頭を下げて、

「申し訳ない。拙者、上野館《こうずけたて》林藩《ばやし》……」

名乗りかけたとたん、侍の筆頭格が抜刀して斬りつけた。

「な、何をする！」

思わず飛び退《すさ》って、自分も刀を抜こうとしたが、その背中を別の侍にバッサリと斬られ、さらに横合いから刀を脇腹に突き刺された。若侍は無念そうな呻《うめ》き声を出しただけで、その場に崩れた。

「この無礼者めが！　武士の風上にもおけぬ奴だ！」

と怒鳴りつけながら、さらに滅多斬りにした。

野次馬たちが遠目に見ていたが、その輪を割って駆けつけてきたのは和馬である。

「待て、待てッ。何があったのだ」

「構うな、下郎《げろう》」

「拙者、旗本高山和馬……」

言いかけたのへ、家臣たちは気が昂ぶったまま斬りかかってきた。とっさに避けた和馬は鋭く抜刀し、さらに斬りかかってくる別の侍の刀を叩き落とした。

「なんの真似だッ」

「おまえこそ、なんだ。そこな若造を無礼討ちにしたのだ。控えろ！」

侍の筆頭格が差し出したのは、徳川家の家紋の印籠《いんろう》だった。三つ葉葵である。

和馬の動きが一瞬、止まると、家臣たちは刀を鞘に戻しながら、「分かったか、下郎」と堂々と立ち去っていこうとする。その者たちに向かって、

「名を名乗れッ。卑怯者《ひきょうもの》！」

と和馬は声をかけたが、家臣たちはそそくさと遠ざかっていくのだった。

足下には、若侍が虫の息で震える手を伸ばしている。

「大丈夫か。傷は浅い。しっかりしろ」

和馬が抱き上げて声をかけたが、若侍の目はすでに虚《うつ》ろで、相手のこともよく分からないようだった。それでも、必死に懐《ふところ》の封書を出して、和馬に握らせようとした。

「こ、これを……お、伯父上《おじうえ》に……わ、私は……岡島《おかじま》……岡島敬之進《けいのしん》……お、伯父は……秋元《あきもと》……た、但馬守《たじまのかみ》、に……」

喘ぐように言って、岡島と名乗った若侍は息絶えた。

伯父上に——と差し出した封書の表書きには、『秋元但馬守様』とある。和馬はそれを見てアッと驚いた。

但馬守とは、武蔵川越《むさしかわごえ》藩主・秋元家代々の守名乗《かみなの》りである。秋元喬知《たかとも》、喬房《たかふさ》、凉朝《すけとも》らは、いずれも老中や奏者番《そうじゃばん》など幕府重職を務め、藩では殖産興業を成し遂げた名君

として知られている。

「しかし当代は、出羽山形《でわやまがた》藩主の久朝《ひさとも》様のはずだ。やはり但馬守を名乗っており、奏者番のはず……たしかに、この先には秋元家がある」

和馬はすぐに、吉右衛門の名を呼んだが、何処にもいない。

「なんだよ、肝心なときに……」

仕方なく和馬は、近くにいた町駕籠《まちかご》を呼びつけ、小名木川《おなぎがわ》沿い、銀座《ぎんざ》御用屋敷に隣接している秋元家の屋敷に運んだ。

当主の久朝はまだ江戸城中にいるとのことで、下城後は浜町《はまちょう》の上屋敷に帰ることになっている。ここは下屋敷なのだ。出てきた用人は四十絡みであろうか、春日由之《かすがよしの》介《すけ》と名乗り、すぐに屋敷内に岡島の亡骸《なきがら》を入れた。

変わり果てた姿に、春日は驚いており、和馬が名乗っても、心ここにあらずだった。春日は狼狽《ろうばい》しながらも、玄関から客間にしている座敷に亡骸を上げて、

「――なんという姿に……敬之進様……何故、かような目に……」

と愛《いと》おしそうに瞑目《めいもく》してから、撫でるように体を触った。

「この若者のことを、よく知っているのですか」

「殿……秋元但馬守久朝公の甥御《おいご》様です。殿の妹君のご子息ですが、親戚の岡島家に

養子に出され、上野館林藩に仕《つか》えております」

「館林藩……」

この藩は、徳川家康《とくがわいえやす》の四天王のひとり榊原康政《さかきばらやすまさ》が入封した名門中の名門の藩であり、五代将軍綱吉《つなよし》が将軍になる前に藩主であった。代々、松平《まつだいら》家が支配してきたが、今は棚倉《たなくら》藩から移封した井上侍従正春《いのうえじじゅうまさはる》が、藩主として君臨している。

「そうでしたか……私は通りかかっただけで、事情は分かりませぬが、何処かの家臣風の者たち数人に……多勢に無勢で、刀を抜く暇もなかったようです」

「なんと……」

「見ていた駕籠屋から聞いた話では、たしかに館林藩の者だと名乗ろうとしたら、いきなり……鞘当てをしたとかで、相手は酔っ払っていた様子でしたが、私にはどうも……」

「どうも、とは……？」

「酒臭くはなかったのです。その者たちは……それどころか、私にも斬りかかってきましたからね。ですが、私を殺そうという意志はありませんでした」

「…………」

「この敬之進様に対しては、侍たちに必殺の意図があったような気がします。止《とど》めまで刺しているのです。ただの言いがかりとは思えません」

和馬が私見を述べるのを、春日は感心したように聞いており、

「なるほど……そ奴らが何者かは分かりませぬが、こちらとしても探し出して、必ずや仇討《あだう》ちをしとう存じます。高山様も、その連中の顔を覚えておいでになれば、是非に力添え下されば有り難い」

「むろんです。相手が何処の誰かは、おっつけ分かると思います」

「えっ……」

「いえ、うちの爺《じじ》イが……あ、いや奉公人が尾《つ》けてる、かもしれないので……でも、アテにしないで下さい。古稀《こき》の爺イなので」

苦笑した和馬は場違いだったと真顔に戻って、改めて敬之進に瞑目した。

立ち去り際、春日が声をかけた。

「失礼仕《つかまつ》る。ご貴殿のお名をもう一度……取り乱して、聞き損じました」

「高山和馬と申します。小普請組の旗本です」

「お旗本……」

「何かありましたら、ご連絡下さいませ」

和馬は丁寧に答えてから、

「あっ。肝心なものを忘れておりました。これを……」

　と血濡れた封書を差し出した。

「秋元但馬守様にお渡し下さいと、最期の最期に岡島殿に頼まれました。どうか、宜しくお願い致します」

　慎重な面持ちで受け取った春日は、いま一度頭を下げて、敬之進の顔を見つめた。

　菊川町《きくかわちょう》の屋敷――に戻った和馬は、先に帰っていて、夕餉《ゆうげ》の仕度《したく》をしていた吉右衛門に声をかけた。鯛飯《たいめし》と兜煮《かぶとに》を作っているとのことだが、暢気《のんき》そうな姿に、和馬は思わず強い口調で、

「主人を見捨てて、何処へ行っていたのだ」

「鯛ですよ。丁度、魚屋がいいのが入ったと声をかけてくれましてね」

　吉右衛門は俎板《まないた》の上にある大きな骨身を見せて、こっちはすまし汁の出汁《だし》に使うと、ニッコリと笑った。

「おまえな……あの騒ぎに気付かなかったのか。あんなに人だかりができて、わあわあ叫んでいたのに、魚を選んでたのか」

「わあわあ叫んでなんかいなかったでしょ。みんな、声を顰《ひそ》めて見てましたよ」

「知ってるではないか」

「はい。ですから、鯛は魚屋に預けておいて、あの場から立ち去った五人の侍たちを追いかけてみましたよ」

「尾《つ》けたのか。それを先に言え」

和馬は膝が崩れそうになったが、事情を訊いた。吉右衛門はとっさに侍たちを尾行すると、まっすぐ永代橋《えいたいばし》を渡って、そこから隅田川《すみだがわ》沿いに浜町まで急ぎ足で行った。

和馬が様子を訊くと、とても酔っ払いの足取りではなかったと付け足して、

「行く手はなんと……浜町は、館林藩上屋敷でございました」

「館林藩……！」

岡島が奉公している藩ではないか。ということは、同藩の者による仕業《しわざ》ということか。和馬は少し混乱した。

「だが、岡島は相手の顔を知らなかった……ということは、襲った奴らは江戸屋敷詰めの藩士で、岡島は国元から来ていて、あまり面識がなかったのかもしれないな」

和馬は推測を立てて、いずれにせよ館林藩の者による仕業ならば、春日にも報せておいた方がよいと考えた。すぐさま行こうとする和馬を、吉右衛門は止めて、

「まあまあ。館林藩士かどうかはまだ分かりませぬぞ。その屋敷に入ったというだけですのでね。それと、若侍を運び込んだ先は出羽山形藩でございましょ。大名同士の

争いになるかもしれないので、ここは様子を見てみましょう」

「様子をって……」

「突然のことで、若侍にとっては無念でございましょう。通りすがりとはいえ、和馬様も少なからず関わったのですから、今宵は供養のために、ささ……」

「おい。供養に鯛飯か。めでたい席で食うものではないのか」

「何をおっしゃいまするか。鯛は元来、葬儀の席に出すものですぞ。神式ですがな」

「本当かよ」

「そろそろ出来ましたかな。良い匂いが漂ってきましたな」

吉右衛門は竈《かまど》にかけている土鍋の蓋《ふた》に、厚い手拭いをあてがって隙間を作った。とたん湯気が厨房《ちゅうぼう》に舞い上がった。

「――本当かよ……」

和馬は疑りながらも、腹の虫はぐうっと鳴いていた。

二

深川診療所はいつものように、人々が列を作って並んでいた。診察に来たのではなく、炊き出しにありつくためである。

米は高値のまま下がることはなく、やはり庶民にとって白いご飯は贅沢《ぜいたく》なものになりつつあった。

江戸は白米ばかり食べるために脚気《かっけ》が増えたといわれるが、たしかに研《と》ぎすぎると穀類としての滋養が落ちる。麦や粟《あわ》などの雑穀を混ぜた方がよい。だが、めったに食べられない人たちは、炊きたてのふっくらとした銀シャリを味わいたくて、押し寄せてきていたのだ。

その中で、お光も相変わらず、笑顔を振りまきながら世話をしていた。薬種問屋の娘とはいえ、実の父は労咳で亡くなり、自分も行き倒れになり、辛いことも色々とあったが、すっかり忘れたかのように明るく接していた。いや、嫌なことは忘れようとしているのかもしれない。

千晶はそんなお光の気持ちを理解しているようで、一緒にせっせと働いていた。

「お光ちゃん、あっちの方が大盛りじゃないかい」

「こっちも、もう少し多めにおくれな」

「ついでに、おしんこもね」

「あたしゃ、塩こんぶが欲しいねえ」

などと集まった人たちは、好き勝手なことを言っている。まるで宴会でもしているような光景である。これもまた平穏無事の証《あかし》だと、千晶もお光も感じていた。

そんな所へ――。

裃《かみしも》姿の身分の高そうな侍がふたり、千晶を訪ねてきた。綺麗に月代《さかやき》を整え、髭《ひげ》も剃っている。

「私に何か……」

「腕の良い産婆との噂を聞いて参った。実は……」

大勢の人前では憚《はばか》られると境内の一角に移りながら、ひとりの侍が言った。

「拙者……館林藩江戸次席家老の黒岩清五郎《くろいわせいごろう》と申す者。これは家臣の股野倫太郎《またのりんたろう》であるが、頼みたいことがある」

「そんな偉いお武家様が、私なんぞにどのような……」

「実はまだ名は言えぬが、不妊を治す治療を施して貰いたいのだ」

「どういうことですか」

「詳細は我が藩邸にてお話ししますゆえ、取り急ぎ、一緒に来ていただけぬか」

「そういうことでしたら、藪坂先生にお許しを得てから……」

「もちろん、深川診療所の名医には話す所存だが、まずはそこもとに許しを得ないといけないと思いましてな。これで、どうか」

黒岩が目顔で命じると、股野が袱紗《ふくさ》に包んでいる金を渡した。封印小判がふたつある。千晶は尻込みして押し返し、

「こんなものは戴けません」

「事《こと》が成就すれば、さらに倍に致します。言ってはなんだが、この診療所は色々と困っている様子なのでな」

「ならば、余計、藪坂先生に……」

千晶が相談に行こうとすると、何処で聞いていたのか、藪坂の方から近づいてきて、

「これは、ありがたいことだ。千晶、ちゃんと診て差し上げなさい」

と横合いから封印小判を受け取った。

「ありがたいことです。本当に助かります」

「せ、先生。いいんですか、そんな……」

「こうして寄付して下さる方々がいるから、大勢の人々が助かっておるのだ。漏れ聞こえましたが、館林藩といえば、将軍様を輩出した名門だ。千晶、お力になって差し上げなさい。本当にありがたい。わはは」

藪坂は豪快に笑うと、機嫌良く治療室の方へ戻っていった。

呆れ返った顔で見送っていた千晶だが、黒岩は真剣なまなざしのままで、

「先生からも許しを得たようだから、一緒に参ろう」

と誘った。

仕方なく千晶は黒岩たちについていこうとしたが、見ていたお光は一抹の不安を覚えたのか、すぐに追いかけて、

「私もいいですか。何かお役に立てるかと思いますので」

と頼み込んだ。

千晶は診療所のことがあるので断ろうとしたが、あまりにも強引なので、

「そちらが構わなければ一向に……」

と黒岩は承知するのだった。

浜町の隅田川沿いにある大きな海鼠塀《なまこべい》の武家屋敷が、館林藩の江戸上屋敷だった。

格式高い長屋門には番小屋があり、槍を持った番人が数人立っていた。

門は閉まっていたが、番小屋脇の潜《くぐ》り戸から入り、そのまま庭を通って離れ部屋まで連れていかれた。

ここからは隅田川が一望でき、漁船や猪牙舟《ちょきぶね》、荷船が往来している光景を目の当たりにできる。同じ江戸でありながら、住み慣れた深川とはまた違う風の匂いがした。

そこには、千晶と同じ年頃だろうか、長船髷《おさふねまげ》に花筏《はないかだ》模様の打掛《うちかけ》姿の武家女がいて、病人のように青白い顔をしており、どことなく儚《はかな》げであった。

「この御方は、館林藩藩主・井上正春《いのうえまさはる》様の御正室の亜子《あこ》様」

黒岩はそれだけ言うと、後は奥向きのことだから、奥女中頭《がしら》の瀬川《せがわ》に任せると言って、立ち去った。

取り残された千晶とお光は、俄《にわか》に不安になった。瀬川という五十絡みの奥女中頭は、眉を剃った公家《くげ》のような顔つきで、体も大きくて威圧感があったからだ。しかも、ニコリともせず、鬼瓦《おにがわら》みたいであった。

「用件は、殿のお子が生まれるよう、亜子様に適切な治療を施して貰いたいのです」

どっしりとした声で、瀬川は言った。

「お子が生まれるよう……」

千晶は繰り返して訊いた。不妊の施術や治療をして欲しいという者の中には、本当は堕胎を望む者もいたからである。中条流《ちゆうじようりゆう》の医者などは、赤子を堕《おろ》すのを専門のようにしている。だが、千晶はその類《たぐい》は一切、断っていた。

あるいは、避妊を施せということもある。世の中には、〝朔日丸《ついたちがん》〟なる怪しげな薬を処方する薬種問屋もいたが、それは石見銀山《いわみぎんざん》という鼠捕《ねずみと》りと変わらぬもので、女体に悪いことばかりだ。

その手のことならば、絶対に断るつもりであったが、亜子は真剣に妊娠をしたいと思い詰めているようだった。

「赤ん坊は神様の授かりものですからね、人の願いが届くかどうかは分かりませんが……でも、授かり易《やす》い体にすることはできます」

千晶がはっきりと言うと、亜子は微《かす》かに微笑《ほほえ》んで、

「さようか。何でも言うことを聞くゆえ、得《とく》と教えて下され」

と、か細い声で言った。

すると、瀬川がすぐに追い打ちをかけるように、

「お殿様の子がいなければ、家督はその弟君の正兼《まさかね》様が継《つ》ぐことになります。それだけは、どうしても避けたいのです」

と怖いくらい真剣なまなざしを向けた。

いきなり御家騒動に巻き込まれた感じがして、千晶は嫌な気分になったが、顔には出さなかった。御家騒動云々《うんぬん》は自分も少し巻き込まれたことがあり、辟易《へきえき》としていたからである。

お光も心配そうな顔で見ていたが、千晶は胸を叩くような仕草で、

「お任せ下さい。不妊は病《やまい》ではありません。ですが、体の何処かに不調があれば、出来にくいともいわれています。病には、内臓の不調からくる〝臓腑病《ぞうふびょう》〟と、気孔の滞《とどこお》りからくる〝経絡病《けいらくびょう》〟というのがあります」

と説明し始めた。

「で、不妊は、〝臓腑病〟に拠《よ》るものだと考えられております」

今でいう卵巣や子宮内の環境を整えるということである。もちろん内臓を整えるためには、血脈や気孔も大切である。ゆえに、内臓の悪いところを治して、血と気の巡りを正しくすることが肝要なのである。

「奥方様は、肩とか首、腰などに慢性的な凝《こ》りはありますでしょうか」

「ええ、あります……姿勢が悪いのか、常に頭痛や肩凝りに悩まされています」

正直に亜子は答えた。籠《かご》の鳥同然の暮らしを強いられている武家女は、同様な痛みを訴える者が多い。体をあまり動かすことがなく、また武家という緊張を強いられる屋敷にいることで、神経が傷《いた》んでいることもあろう。

「では、まず本治療の前に、妊娠しにくい体に多い頭痛や肩凝りを除去して、巡りを整えることから始めましょう。一朝一夕《いっちょういっせき》に治るものではありませんが、少しずつやって参りましょう」

骨接《ほねつ》ぎ医ならではの言い方だった。人間の体は骨でできている。その繋がりに歪みがあれば、あらゆる所に弊害が起こる。

「その後、漢方薬を処方しながら、良くない内臓を快復させ、例えば、冷えや血の道の傷みを治すことで、不妊の体が改善されていきます。そうだ、ご覧下さい……」

千晶は常備している薬箱の中から、小さな綴り本を取って見せた。そこには簡素な人体の姿が画かれており、色違いで経路が書き込まれている。それを示しながら、

「見てのとおり、体には陰陽《いんよう》十二の経絡《けいらく》が、五臓六腑《ごぞうろっぷ》に繋がっております。赤ん坊を授かる体になるには、充分な血と滋養によって体内の巡りをよくし、卵胞の成熟を支えなければなりません。薬はそれを助けるものです」

「はい……」

「今日は持ってきていませんが、古《いにしえ》より使われている亀鹿二仙丸《きろくにせんがん》というものを処方しながら、様子を見ましょう。亀板《きばん》によって、血を充実させて体の隅々まで滋養を送り、鹿角《ろっかく》で温めてさらに栄養を巡らせるというものです……いわば、血液、骨、肉を養い、命、精、気を養うという、陰陽の均衡をよくするのですね。もちろん、人参《にんじん》・杜仲葉《とちゅうは》・黄精《おうせい》なども適宜《てきぎ》、混ぜ込みます」

「難しいことは分からぬが、なんとも頼もしいのう、瀬川……」

亜子が安堵したように笑みを洩らすと、瀬川は険しい顔つきのままで、

「必ずや子宝に恵まれ、跡継ぎができなければ、正兼様が継ぐことになる。それだけは何としても避けたいのです」

と同じことを言った。

正兼というのが、如何なる人物であるか、千晶には知る由《よし》もないが、藩にとっては一大事なのであろう。しかも、瀬川は毛嫌いしている様子であった。

「あんな放蕩三昧《ほうとうざんまい》な弟君では、到底、館林藩の藩主なんぞ務まりませぬ。それこそ、藩が潰れるのは火を見るより明らかでございます。ああ、なんとかしなければ……」

瀬川の方が切羽詰まったような感じで、千晶は抑肝散《よくかんさん》でも処方して、気持ちの高ぶりを抑えたいほどだった。

「そういう瀬川様のような態度も、亜子様には良くないと思います。お気持ちはお察し致しますが、追い詰めるようなことは亜子様にも、瀬川様ご自身にも、よろしくありません」

「余計なことは言わなくて結構ッ」

眉間に皺を寄せた瀬川に、千晶はニコリと微笑みかけて、

「いいえ。余計なお節介をするのが、医者の務めでございます。あ、私は医者ではな

く、産婆で骨接ぎ医です。このお光ちゃんは、藪坂先生肝煎りのお医者様の卵で、ご両親は薬種問屋。どうぞ、大船に乗ったつもりで、お任せ下さいませ」

「なんですか、その作り笑いは」

また瀬川は不機嫌に言ったが、千晶は微笑みを投げかけたまま、

「でも、男の子が生まれるか、女の子が生まれるか……までは分かりません。私たちにはどうすることもできません」

「そりゃそうでしょうけれど……」

「ですから、跡継ぎ云々とおっしゃられても、確かなことはやはり分からない。神のみぞ知るということです」

千晶はもっともなことを言ったが、

「その前に、お殿様と深い深いまぐわいを重ねなければ、なりませぬね。うふふ」

と楽しそうに笑うのだった。

そんな千晶を、お光は頼もしそうに眺めていた。

三

富岡八幡宮境内から参道辺りを、いつものようにぶらぶら散策していた吉右衛門に、

「何を探ってるのだ」

と声がかかってきた。北町奉行所の定町廻り同心の古味である。十手《じって》で肩を叩きながら、熊公も引き連れている。いつものふたりを見て、吉右衛門は「ご苦労様」と微笑みかけた。

「よう、何か分かったのか、ご隠居さんよ」

「言っている意味が分かりませんが」

「惚《とぼ》けなさんな。おまえさんの性根や考えも、なんとなく分かってきたよ」

探りを入れる目つきで近づいてきたが、吉右衛門は立ち止まったものの、おっとりとした物言いで、

「旦那方も暇ですねえ。こんな年寄りを相手にしている間に、やることはないのですか」

「殺しがあったんだってな」

古味はいきなり問いかけてきた。これも、いつもの手である。

「この界隈の者たちに、こっちももう聞き込みが終わってるんだよ。ほら、その先の路地から、侍が数人飛び出してきて……」

一昨日の出来事を、古味はまるで見ていたかのように縷々《るる》話してから、

「それを高山の旦那が助けた。死んでしまったが、秋元但馬守様の甥御様だそうじゃないか」

「らしいですな」

「他人事《ひとごと》のように言うなよ。で、それを襲ったのが……」

館林藩の藩士であることまで、なぜか古味は突き止めていた。

「さすが古味様ですねえ。大したもんだ」

「馬鹿にしているのか」

「いいえ。本気でそう思っています。だって、襲われた岡島敬之進様でしたか……その御方のことや、館林藩のことなどは、私も誰にも話していませんから、どうしてご存知なのか、気になりましてね」

「言ってやろうか……」

古味は言いたくてしょうがないという顔で、吉右衛門に顔を近づけた。

「別にいいです」

「まあ、聞けよ。俺は前々から、館林藩の家臣たちに目を付けてたんだ」

「そうなのですか。でも、町方の旦那が、どうしてです」

「ほら、知りたいだろう」

嬉しそうに覗き込んでくる古味に、吉右衛門は微笑み返して、

「館林藩の家臣たちの中には、ちょっと変わったのがいて、時々、昔の旗本奴《やっこ》みたいに、江戸の町中で暴れてましたもんね」

「よく知ってるじゃないか」

「ええ。私も地獄耳なのでね……たしか藩主・井上正春様の弟君であらせられる正兼様がとんでもなく出来の悪い人間で、家臣を子分のように扱って、まるでならず者のように振る舞っている……という噂ですが」

「さすがだ、ご隠居」

「でも噂なので、私はまだ見たことがありません。もっとも、この前、岡島様を殺したのは、たしかに館林藩の者だと思います」

「それよ」

古味は深刻そうに頷いて、

「同じ藩の者同士が争った。いや、一方的に殺したのかもしれぬが、事件の裏には遺恨なり何かがあるのだろう」

「そこまで考えても仕方がないことです。それとも、古味様には関わりが？」

「大ありよ。岡島 某《なにがし》と館林藩士が斬り合ったのは武士同士だから、俺の支配違いだが、どこの家中の者であろうと巻き添えになるかもしれねえからな」

　うずうずしたように古味は迫ってきて、熊公も吉右衛門の顔色を窺っている。

「分かりましたよ、旦那……たまたまですが、藪坂先生のところの千晶が、館林藩の江戸上屋敷に出入りすることになったとか。千晶は好奇心丸出しの女子《おなご》だから、ちょいと探りを入れてみますよ」

「まことか。あいつ、そんなことを。なんでまた……」

「理由は知りません。でも、過分なことは期待しないで下さいましよ。なにしろ、探索の素人《しろうと》ですからね」

　吉右衛門は適当なことを言って、古味から離れた。

　その足で立ち寄ったのは、大横川沿いの料理屋だった。そこの二階の座敷からは、川越しに江戸湾を眺めることができる。陽射しに燦《きら》めく広々とした海を見ていると、人の世で起こっている事件など、まったく意に介していないように感じた。

隅っこの窓辺の席に、まだ二十歳そこそこであろうか。少し気弱そうで線の細い、それでいて何処か風来坊のような、摑み所のない若侍が正座をしていた。吉右衛門の顔を見つけるなり、

「ご無沙汰ばかりで失礼しております」

と深々と頭を下げた。

「父上の頃から、お世話になってばかりですが、御壮健そうでなによりです」

「いやいや、あなたも見違えるように立派になりましたな」

「とんでもございませぬ。まだまだ半人前でございます」

吉右衛門と如何なる関係の若侍なのか、世の中の人は誰ひとり知らない。

「ところで、館林藩はえらい事になっているようですが、何かありましたかな」

「かねてより、館林藩は何かと内紛が起きており、江戸藩邸でもいざこざ続きでした。ですので、御老中方では、兄上の井上正春に対して、西の丸老中に推挙されておりましたが、一旦、見合わせたとのことです」

藩主の名を兄上と呼んだ、この若侍こそが、不出来な弟の正兼である。だが、どう見ても不良とは思えぬ凜《りん》とした態度だ。吉右衛門は正兼に向かって、

「奏者番まで務め上げたのに……」

と残念そうに言った。

「ええ。ですが、此度《こたび》の岡島敬之進を斬った一件も、公儀では藩内での諍《いさか》いと見ております。しかし、死人に口なしとばかり、襲った館林藩士たちの方は、あくまでも岡島に非があると御老中方に申し立てております」

「その襲撃した藩士とやらですがな……」

声を低めた吉右衛門は、女中が運んできた酒と先付けには手を出さず、

「誰だか分かりましたか」

「ええ。次席家老の黒岩清五郎、股野倫太郎、山岡達之助《やまおかたつのすけ》、藤森義平《ふじもりぎへい》、坂上三郎之介《さかがみさぶろうのすけ》の五人でした。こ奴らは実は……」

言いかけた正兼よりも先に、吉右衛門が答えた。

「あなたの取り巻きですな。放蕩三昧で駄目な次男坊の世話役をしている」

「──知っていたのですか……」

胸を痛めたように項垂《うなだ》れる正兼に、吉右衛門は少し強い口調で、

「世を拗《す》ね、風流を気取って、〝無想庵《むそうあん》〟などという庵《いおり》に籠《こ》もっていないで、目の前の出来事を直視したらどうですかな」

「これは痛いところを突かれました。さすがは、吉右衛門様……」

「冗談で言っているのではありませぬ」

吉右衛門はわずかに前のめりになって、声は顰《ひそ》めたが押しの強い声で言った。

「私は兄上よりも、あなたの方が、徳川家のお膝元、遠江《とおとおみ》浜松《はままつ》藩の藩主だった井上家の当主に相応《ふさわ》しいと思っております。しかし、長幼《ちょうよう》の序《じょ》は世の決まり事。守らぬわけには参りますまい。それが正しいことだとは思ってませんがね」

「…………」

「才覚があり努力をする者、そして人に慕われる者が上に立つべきだと思います。だからといって、世を乱すのは方法が違う。困るのは無辜《むこ》の領民だからです」

「承知しております。ですから私は……」

無念そうに拳を握りしめた。明らかに兄よりも為政者の器でありながら、如何《いかん》ともしがたい我が身を憐れんでいるように見えた。だが、吉右衛門はまったく同情はしておらず、むしろ冷静な態度で、

「わざと放蕩三昧の馬鹿な弟のふりをしているのですかな」

と言った。

「正春様は何もかもを国元の城代家老や江戸家老に任せて、自分では一切、政事《まつりごと》には関わっておらぬご様子。そういう殿様が、野心のある者たちには、一番御《ぎょ》しやすい

のです」

「分かっております……」

「だから、黒岩などもあなた様を煽《おだ》てる一方で、正春様を持ち上げている。藩主は少し思慮分別の足りない者の方がよいからです」

「………」

「ですから、なんとしても、正春様には跡継ぎが欲しい。正春様に万が一のことがあれば、藩主はあなたが引き継ぐことになる。そうなれば……これまで正春様を支えていた者たちの不行跡が暴かれ、我が身を滅ぼす」

「そこまで言われては……」

困惑気味の正兼だが、吉右衛門にはすべて見抜かれていると感じて、言葉を飲み込んだ。忸怩《じくじ》たる思いもあるのであろう。

「古い話で恐縮だが、正兼様……あなたのお父上、井上正甫《まさもと》様は同じく奏者番を務めていた信濃高遠《しなのたかとお》藩主の内藤《ないとう》様に招かれ、鷹狩《たかが》りをしていた最中、村の女を手籠めにし、それを止めようとした亭主の腕を刀で斬り落とす事件を起こした」

「私が生まれる前の事ですが、聞いたことがあります……」

「その一件で父上は、奏者番を罷免された挙げ句、遠江浜松藩から、陸奥《むつ》棚倉藩に移されました。が、病を理由にして頑《かたく》なに入封しなかった……一方、棚倉藩主は肥前唐津《ひぜんからつ》藩に転封させられ、空いた浜松藩には……水野忠邦様が入られましたな」

世にいう〝三方領知替《さんぼうりょうちが》え〟のことである。

「しかし、よくよく考えてみれば、藩主が村の女をいきなり手籠めになんぞ、することがあろうか……しかも、水野様とは昵懇《じっこん》の高遠藩内藤家下屋敷のある狩り場での出来事……これは、水野様の深慮遠謀《しんりょえんぼう》であったことは、間違いありますまい」

「…………」

「水野様が九州肥前《きゅうしゅうひぜん》から、石高を下げてまで、地の利の良い浜松藩に移ったのは、幕閣を狙っていたからのこと……今や老中首座の地位にあり、思うがままの権勢を奮っております」

吉右衛門の話を聞きながら、正兼は暗澹《あんたん》たる思いになった。

「お父上は無念のまま余生を過ごしておるようじゃが、近頃は惚《ぼ》けてしまったとも噂に聞いておる……汚名を返上して、浜松に帰りたかったと思いますぞ」

「…………」

「今の家臣たちの中に、その思いがあるのかどうかは分かりませぬがな」

まるで、父上の無念を、

——息子のおまえが晴らしてやれ。

とでも言いたげな吉右衛門の話を、正兼は真摯に受け止めて聞いていた。

「能《のう》ある鷹《たか》は爪《つめ》を隠すというが、隠しすぎていると錆《さ》びつくものです」

「…………」

「私は水野様の〝天保の改革〟を批判しておらぬ。むしろ立派だと思っておる。しかし、人を陥《おとしい》れてまで成り上がった人間は、どうしても信用ならぬのだ……同様に、己を欺《あざむ》いて、世に埋もれている者もな」

吉右衛門はそう言うと、そっと徳利を差し出した。

「燗酒がすっかり冷めてしまったな……つけなおして貰おうかのう」

「いえ、それで結構でございます。冷や飯食らいは慣れておりますので、冷や酒も」

「あはは。余計なことを言い過ぎた。勘弁して下されよ」

「とんでもございませぬ。喜んでご相伴《しょうばん》に与《あずか》ります。父上の代わりに……」

正兼が微かに洩らす笑みを見て、吉右衛門は父親によく似ているなと思うのだった。

まだキラキラと海が燦めいている刻限ゆえ、酔いが早く廻りそうだった。

四

千晶とお光は、今日も館林藩上屋敷を訪ねて、亜子に整体や漢方薬を施し、懐妊しやすい体にするために頑張っていた。精を付けるものを食べることも大切で、屋敷内であっても適度に体を動かすことも勧めた。

亜子は、備後福山藩《びんごふくやま》五代目藩主の阿部正精《あべまさきよ》の娘である。いわゆる〝寛政の改革〟の後、遺老と呼ばれた老中・松平信明《のぶあきら》が重篤《じゅうとく》な病になったため、将軍家斉《いえなり》から命じられて老中になった人物である。財政再建や学問の興隆などによって、名君と称された人物だ。

大名の婚姻は、当人同士の思いなどはまったく斟酌《しんしゃく》されず、御家が決めることである。亜子も自分が望んで、井上正春に輿《こし》入れしたわけではなかった。

かといって嫌ってなどいない。むしろ正春は人としては真面目で、性格もおっとりとしており、人の悪口は言わず、自分に与えられた奏者番という使命を淡々とこなしている。その誠実さを、亜子は好ましく思っていた。だからこそ、一日も早く世継《よつ》ぎを産《う》んで、安心させたいという願いが強かった。

千晶から適宜、心地よい処置を受け終えた頃である。廊下から、

「困りますぞ。勝手なふるまいは、なりませぬ」

という荒々しい瀬川の声が聞こえた。

ほとんどすぐ襖《ふすま》が開いて、廊下に立ったのは——正兼であった。

吉右衛門と会っていたときとは違い、あまり武士が身につけない市松模様の着物を、着流し、およそ大名の子息とは思えぬ野放図な態度で入ってきた。

「これこれ、正兼様。奥向きでございます。殿方が勝手に入っては困ります。無礼にもほどがありましょうぞ」

厳しい口振りの瀬川に向かって、正兼は余裕の笑みを湛《たた》えながら、

「黒岩が時折、来ておるではないか。しかも、おまえの寝所《しんじょ》に」

「な、何を馬鹿な……」

「年増《としま》も良いものだと、黒岩は酔うと家来に楽しそうに話しておるぞ」

「いい加減にして下さいませ」

気色《けしき》ばむ瀬川をからかうように、正兼は下品な笑い声を浴びせてから、

「怒ると皺《しわ》が増えるぞ。ねえ、義姉上《あねうえ》……今日は手土産《てみやげ》を持参致しました。柏餅《かしわもち》でございます。桃を持ってきたかったのですが、時節柄……ささ、これも子宝に恵まれ

ることか。ささ……」

と包みごと三方《さんぼう》に載せたまま置いた。

「柏の葉は新芽が出るまで落ちることがないとか。つまり、子供が生まれて成長するまで見届けるということから、家系が途絶えることはないという縁起物」

正兼は相手の迷惑を顧みず続けた。

「残念ながら、井上家は柏紋ではなく、丸に八つ鷹の羽車。そういや、福山阿部家も丸に右重ね違い鷹の羽……武門の強さを表しているとはいえ、お互いバタバタしておりますなあ」

「──困ります……正兼様……」

亜子が拒むような仕草になると、余計に正兼はからかって、千晶たちを見やった。

「ほう。この者たちが子宝を授けてくれる名医とやらか。でも、義姉上。やることやらねば、子は授かりませぬぞ」

「なんと、はしたない……」

「はしたないことではありますまい。頑張らないと、側室《そくしつ》の鈴《すず》に先を越されてしまいますぞ。鈴は松平家、先祖を辿っていけば家康《いえやす》公や信長《のぶなが》公に繋がるとか。兄上は、鈴にご執心のようだし……」

「お下がりなさい。これ以上の無礼は許しませぬぞ」

気弱そうな亜子だが、言うべきことはキチンと言った。だが、正兼は一向に悪びれた様子もなく、その場にデンと座って、

「安心して下され。もし跡継ぎができなくても、この私めがおりますから、井上家は安泰でござる。そんな目くじらを立てて、子宝子宝と躍起になるより、心安らかにして兄上と仲良くして下さい」

と言いながら、自ら持参した柏餅を葉っぱごとパクリと食べた。そのはしたない行いを見ていて、千晶が思わず悪態をついた。

「ちょいと、風来坊さん。噂には聞いてたけれど、これだけ馬鹿息子とは思わなかったねえ。こっちはキチンと根拠のある施術をしてるんだ。邪魔しないでおくれな」

千晶のぞんざいで蓮っ葉な言い草に、正兼は大笑いして、

「いいなあ。こういうハキハキした女が、またたまらんなあ。女は怒れば怒るほど色気が沸き立つっていうが、まことだな」

「ふざけるのも大概にして下さい。それでも、大名の……」

文句を言いかけた千晶に「黙れッ」と怒鳴りつけてから、ゆっくり立ち上がった正兼は、舐めるようにお光を見た。すぐに庇うように千晶が立ったが、正兼は押し退け

て、お光の顎を掌《てのひら》に載せる仕草で、

「おう……なかなかの美形だな……俺の好みだ……俺に来い」

と、じっと見つめながら誘った。

「何を言うのです。この娘《こ》は……」

間に入ろうとする千晶を、正兼は突き飛ばして、

「黙れ。俺はこの娘が気に入った。どうでも連れていくぞ」

と腕を掴むと有無を言わさぬとばかりに力を込めて、引きずるように連れ去ろうとした。

「これ、正兼殿。なりませぬぞ、これッ」

亜子は必死に呼び止めたが、正兼は振り返ることがない。

そこへ渡り廊下から、黒岩が駆けつけてきた。その姿を見るなり、瀬川が叫んだ。

「黒岩様。なんとかして下さいまし。正兼様はもはや尋常ではございませぬ。その娘が手籠めにでもされたら、御家の一大事です」

正兼の前に土下座をした黒岩は、

「どうかどうか。お気をお鎮め下さいませ。この場は私の顔を立てて、どうか……」

「おまえの顔だと？　見かけた町娘を悉《ことごと》く手籠めにしているおまえに言われとうな

い」

「な、なんということを……！」

狼狽する黒岩を睨みつけて、正兼は吐き捨てるように、

「まこと汚らわしい奴だ。瀬川の所に夜這いしていることを兄上に言いつけてやる。むろん国元におる、おまえの妻子にもな」

「な、何ということを……出鱈目《でたらめ》も大概《たいがい》にして下さい」

と言いながら、黒岩はチラリと瀬川の方を見た。瀬川も困ったように眉を顰めている。そのふたりの顔を見比べて、

「世の中は薄汚いのう……俺は〝無想庵〟にて、世俗のことなど何も考えず、気儘《きまま》に暮らしたいだけだ。黒岩……この娘は俺のものだ。絶対に手を出すのではないぞ」

「正兼様。どうか、どうか……」

両手をついて止めようとする黒岩の肩を、ドンと足蹴《あしげ》にして、正兼はお光の手を引いて、さっさと立ち去るのだった。

鎖骨を痛めたのか、黒岩は苦々しい顔をしていたが、

「何様のつもりだッ」

と呟いた。

千晶がその横顔をまじまじと見ていていると、瀬川は亜子に深々と一礼をして、黒岩と渡り廊下を戻って別室の方へ行った。

その場に残った千晶は、お光のことが心配で、なんとかして欲しいと亜子に頼んだ。

すると亜子はまったく案じていない様子で、千晶に微笑んでみせた。

「大丈夫ですよ、千晶さん。正兼様は正気《しょうき》です。お光さんをいたぶったりしません」

「えっ……」

「あの人は本当に悪い人ではない。私には分かります」

「でも……」

亜子はもう一度、心配はいらないと言い、千晶のことを昔からの友のように、

「私が子供に恵まれたい気持ちは本当です」

と嘆願した。

「とにかく、我が井上家の存亡がかかっています。なんとか力になって下さい。私のお腹に赤ん坊ができさえすれば、すべてが変わる気がするのです。これは女の直感です」

どう返してよいか分からなかったが、千晶は何とかしてあげたい気持ちだけはあった。

五

正兼の庵というのは、隅田川を吾妻橋《あづまばし》で渡った先の向島《むこうじま》にあった。土手を散策したり、釣りをしたり、畑仕事をするには丁度良かったが、繁華な江戸とは無縁の寂しい所であった。

所々に商家の寮などがあって、お大尽《だいじん》が優雅に隠居する場所でもあったが、まだ二十歳そこそこの若侍が閑居する所とは違う。

だが、正兼は子供の頃から、ひとりでぼんやりとするのが好みのようで、何もない年寄り臭い素朴な庵が好きでならなかった。

蜜柑《みかん》の木が一本だけあり、常緑樹なので冬が近くても葉が青々としていて、妙に安心感があった。

「乱暴なことをして悪かったな」

先刻とは打って変わって、正兼は素直な態度で謝《あやま》ったが、なぜかお光は驚く様子もなく、ただ侘《わ》び住まいを見廻して、

「──本当にここにひとりで住んでいらっしゃるのですか」

と訊いた。

肩透かしをくらって、正兼は逆にお光に問いかけた。

「怖くないのか、俺のことが」

「ええ。ちょっと吃驚《びっくり》しました。でも、怖くなかったです。ご隠居様に、何があっても大丈夫だと言われてましたから」

「ご隠居様……もしかして、吉右衛門様のことか」

何かを察したように正兼が言うと、お光も素直に答えた。

「はい。私が館林藩邸に行くことは知ってましたから、もし正兼って人が何をしても、安心して従いなさいって」

「さようか。それにしても、あの場で……」

「すぐに分かりました。悪い人ではないって。だから怖くなかったんです」

お光はニコリと微笑んで見せた。

「無防備な娘だな。まだまだ若いのに……」

「どうして、あんなふうに悪ぶっているのですか」

「うむ……簡単にいえば、悪い奴を燻《あぶ》り出すためだな。もっとも……正直申して、俺は本当に政事にはあまり食指が動かぬ。こうして好きなことをして過ごしていたいのだ」

「好きなこととは……」

部屋の中を珍しそうに勝手に歩き廻るお光を、正兼は妹でも見ているようだった。

お光は隣室を覗くと、そこには沢山の描きかけの絵があるのを見つけた。

水墨画のようなものから、岩絵の具を使った色彩画まである。ほとんどが風景画だったが、中にはまるで狩野《かのう》派のような金箔の襖に鮮やかな花鳥《かちょう》や唐獅子《からじし》などを描いているのもあった。

「うわあ……凄いですね。これ、正兼様が描いた絵なんですか」

「下手《へた》の横好きでな。筆を持っているときだけは、何もかも忘れられて心地よいのだ」

「へえ……私は絵心がないから、こういう綺麗な絵を描ける人に憧れます」

「そうか？　人の心を動かせるような絵師ならば凄いことだが、俺のはほんの気休めだ。もちろん、それでいい。誰かのために描いているのではない。自分の気持ちを落ち着かせるためでな」

「自分の気持ちを……」

「ああ。だから、お光といったか、おまえのように人様の役に立つ医術と違って、ただの遊びだ。それでいいと思っている」

少し自虐《じぎゃく》混じりに言ったが、お光は屈託のない笑みを浮かべて、

「だったら、誰かのために描いて下さい」

「誰かの……いや、俺の絵なんぞ誰も欲しがりはせぬ」

「いますよ、ここに」

「ええ？」

「私のために描いて下さいませんか。あなた様の絵を眺めて癒やされたいです」

お光は部屋の中に散乱している絵を、一枚一枚手に取りながら、

「私は毎日、朝から晩まで、ほとんど患者さんと過ごしてます。薬種問屋で育てられましたから、病を治すことの大切さを学びました。でも、病が重くなったり、怪我で辛くなったりしてる患者さんを見ていても、どうにもしてあげられない時があります」

「それは、おまえのせいじゃないよ……」

「分かっています。でも、楽にしてあげられないのが辛いのです。けど、ある時、こんなことがありました」

と言いながら、お光は一枚の絵を取り上げた。

火の見櫓《やぐら》ような高い所から描いた江戸の風景であろうか。遙《はる》か向こうに富士山があって、雲が幾重にも流れており、キラキラと海や空が光っているように見える。

「頭の上から足の先まで、ずっと痛みがあるお爺さんがいました。背中が猫のように曲がっていて、まっすぐ立つこともできません。子供の頃から、ずっと桶《おけ》を作っていたそうです。こうして、一日中俯《うつむ》いたまま、手で削《けず》ったり、捩《よじ》ったり、叩いたり、結《むす》んだりして……」

「大変な仕事だな」

「長年同じ姿勢で、体が歪んで傷めてしまったのですね。ですから、薬や整体では治りません。『医術は、生きるべき者の手助けをするに過ぎない』というのが、藪坂先生の考えです……でも、手助けすらできないんです」

「まだ若いのに、そんなことまで思っているのか、おまえは……」

正兼は強く感心して、お光の横顔をしみじみと見つめた。

「病気が体表にあるときは、膏薬《こうやく》や湯液《ゆえき》で効くけれど、血脈では鍼《はり》が効きます。気孔ならばお灸《きゆう》が効くでしょう。でも、骨の髄まで病があると、どんな医者でもお手上げです」

「そうなのか……」

「でも、何方《どなた》かが描いた絵が一枚、ありました……丁度、このような海と富士山が描かれたものでした。そのお爺さんは、痛みを忘れたいためか、目の前の襖にその絵を貼って、いつもずっと眺めてました」

「…………」

「自分の生まれた村からも、丁度、そのような風景が見えたそうです。だから余計、気分が良かったのかもしれませんが……絵に救われたって」

「絵に救われた……」

「心が変われば痛みも少し消える。病は気からとよくいわれますが、そういうこともあるんです。だから……絵は人の心を癒《い》やす。人様の役に立つんです」

お光は色々と話してから、近くに置いてあった絵筆を持って、軽く墨をつけると、白い紙に何やら画《か》こうとした。筆先は少し震えているが、描いているのは花菖蒲《はなしょうぶ》のようだった。何かを見ているわけではない。ただ、頭の中にある花の姿を表しているのだ。

「なかなか筋がいいじゃないか」

正兼が褒めると、お光は少し恥じらんで、線が乱れた。とっさに正兼はその手に添えて、ためらいなく勢いよく線を引いた。

「――あっ……」

　正兼の動きに任せているだけであったが、お光は自分が描いているような錯覚になって、嬉しそうに微笑んだ。

「墨《すみ》に五彩《ごさい》あり……と古来、いわれているように、黒だけなのに無限の色彩があって、活き活きと表すことができるんだよ。垂らし込みとか掘り塗りとか、色んな技法で濃淡をつけると、ほら……風が吹いても倒れない花菖蒲の強い姿が見えてくるだろう？」

「本当ですね……」

「自分だけでやってごらん。線はサッと一気に引く。筆だと慎重になりやすいけれど、そうだな……たとえば包丁ならば、スウッとまっすぐ引いて切るだろ。そんな要領で、紙を切る感じで描いてみな」

　お光は思い切って、葉の芯をまっすぐ引いたとき、縁側の外にまるで糸を垂らしたような細い雨が降ってきた。日は照っているのに、不思議だなとお光は目をやった。

「――狐《きつね》の嫁入り、だな」

　正兼も目を向けると、お光は小首を傾げて訊いた。

「狐の嫁入り……？」

「えっ。それも知らないのかい」

「なんですか、それは」

「何処にでもある言い伝えだがな、怪火が提灯《ちょうちん》のように連なっているのが、嫁入りの行列に見えるところから、そう呼ばれてるのだ。もっともそれは夕暮れや暗闇でのことだが、どうして晴れ雨のことが、狐の嫁入りになったんだろうなあ」

と正兼もふざけたように首を傾げた。

その仕草がおかしいのか、お光はくすりと笑った。だが、正兼は「晴れなのに雨が降るのは、農家に繁栄をもたらす」という吉兆の意味合いがあると付け足して、

「結婚できなかった女の無念が狐に乗り移ったとか、人間の男のもとに狐が女に化けて嫁いでくるとか、色々な伝承があるのだが……葛飾北斎《かつしかほくさい》や北尾重政《きたおしげまさ》も絵にしているし、十返舎一九《じっぺんしゃいっく》も草双紙にしてるくらいだからな」

「そうなんですね」

「ああ、もしかして、お光……すんなりついてきたが、おまえは狐じゃあるまいな」

冗談めいて正兼が言うと、お光は「まさか」と軽く叩いた。そのとき、筆先の墨が正兼の着物に少し飛び散った。

「まあ、どうしましょう」

慌てるお光に、正兼は「よいよい」と笑顔で返しているところへ、

「これはこれは、真っ昼間から乳繰り合っているのですか」

と声があって庭先に入ってきたのは、黒岩だった。その後ろからは、股野、山岡のふたりもついてきていた。

「正兼様。先ほどのあれは、一体、どういう了見ですかな」

「何のことだ……ああ、手籠めの話か」

「ご自分のお父上のことかと思いましたぞ。あんな下らないことを、亜子様に言って、何が狙いなのですかな」

「事実だから言ったまでだ。証拠があれば、この場で俺が成敗してやるところだが」

「それは、それは……」

「岡島を斬ったのは何故だ。聞かせて貰おうか」

凜とした態度で正兼が言うと、黒岩はふんと鼻を鳴らして、

「ご存知でしたか……館林藩の危急存亡ゆえ、始末したまで。奴は裏切り者ですぞ」

「嘘をつくな。岡島は国家老・大河原《おおがわら》の配下だ。おまえは俺の世話役と称して、江戸家老・本多内膳《ほんだないぜん》から監視を命じられているようだが、本当は何を画策しておる」

「…………」

「言うてやろうか。兄上は知ってのとおり、素直なだけで、あまり物事を考えておらぬ。それを利用して、おまえたちは藩政を好き勝手に操ろうとしている。違うか」

ここぞとばかりに正兼は詰め寄った。

「藩領内の不作が続き、江戸に近いにも拘《かか》わらず景気が悪い。それを打開するために、国家老らの判断で多量の藩札を発行したが、いずれも只同然の紙切れになってしまった……いずれ取り付け騒ぎが起こるであろう」

「………」

「すでに一揆や打ち壊しを起こそうとした領民を、事前に捕らえて処刑した——そのことは兄上の耳には入っておらず、公儀にも知られないよう、江戸家老はひた隠しにしている節がある」

「だから、なんだというのです。我ら藩士は、領民に不穏な動きがあれば……大火事になる前に消すのは当然のこと」

「違う。おまえは、治安を保つという名目のもと、何もしていない豪農や豪商を吊し上げ、その財を取り上げた……そうであろう」

ズイと前に踏み出した正兼は、怒りの目になったが、黒岩は小馬鹿にしたように、

「これはこれは、何の証もないことを、思い込みで話す次男坊様は、絵を描き過ぎて、

夢と現《うつつ》の境も分からぬらしい……そこまで出鱈目《でたらめ》を言うとなれば、これはもはやご乱心と判断せざるを得ませぬ……御免仕《ごめんつかまつ》ります」

黒岩は家臣ふたりに、正兼を捕らえるよう命じた。だが、正兼は摑みかかってくる股野と山岡を突き飛ばした。

「やむを得ぬ……斬れ」

あっさりと黒岩がふたりに命じた。すぐさま股野と山岡が抜刀して斬りかかると、正兼はお光を庇うように立ちはだかったが、
シュッ――。

と利き腕を斬られた。

それでも必死に守ろうとする正兼を、お光はひしと抱きとめて、

「何をするのですッ。正兼様の大切な腕を」

と思わず、黒岩を鋭い眼光で睨みつけた。正兼は背中にお光を庇いながら、

「馬脚《ばきゃく》を現したな、黒岩。許さぬぞ」

「なんとでも言え。やれ」

股野と山岡が斬りかかると、正兼は脇差しを抜き払って応戦した。が、剣術はさほど得意ではないようだ。あっさりと脇差しを弾き飛ばされ、お光と一緒に部屋の片隅

に押しやられた。

「上屋敷で、正兼様がその女を強引に連れ去ったことは、家中の者が何人も見ている……『無想庵』にて手籠めにして殺し、思い詰めて自分も死んだ……そう説明しても、誰もが信じるであろう」

「黒岩、貴様という奴は……！」

「御家のためです。館林藩のためです」

冷酷に黒岩は言って、自らも抜刀して切っ先を正兼に向けた。確実に仕留めるつもりであろう。目がギラリと光った。

その時――。

小柄《こづか》が空を切って飛来し、黒岩の目を掠《かす》めた。同時に、廊下を駆けてきたのは、和馬であった。すでに抜刀しており、黒岩たちが驚いた間隙をついて、バッサバッサと斬り倒した。もちろん峰打ちである。

股野と山岡は首や肩を激しく打ち砕かれ、その場に崩れて悲鳴を上げた。

「岡島敬之進をめった斬りにしたのに比べれば、大したことはなかろう。逆らうと、この場にて斬るッ」

和馬が凄むと、黒岩は腰を抜かして、その場に崩れた。今の今まで、正兼を恫喝《どうかつ》していた人物とは別人のようだ。

「だ、誰だ……た、助けてくれ……」

「公儀の手の者だ」

適当に和馬は言った。公儀旗本であることは嘘ではない。

「岡島の最期を看取ったのは俺だ。無念を今、晴らす」

「ま、待て……これには子細《しさい》がある……お、俺のせいじゃない……」

刀を投げ捨てて、黒岩は必死に命乞いをするように手を合わせた。和馬はひと睨みしてから刀を鞘に戻すと、次の瞬間、黒岩は捨てた刀を素早く拾い上げて、和馬に突きかかってきた。

だが、和馬の刀の方が一瞬早く、再び抜き払って、黒岩の鎖骨を叩き折り、逃げようとする膝頭を切っ先で斬った。のたうち廻る黒岩を見下ろしながら、

「――そうくると思ってたよ……自業自得《じごうじとく》だと諦めな」

和馬は淡々と言った。そして、正兼とお光を振り返ると、

「なかなか、お似合いじゃないか。お光ちゃんも隅に置けないねえ、あはは」

と、からかうように微笑むのだった。

六

秋元但馬守の屋敷に、吉右衛門が訪ねてきたのは、その夕方のことだった。玄関まで出てきた用人の春日は、隠居爺さんの姿を見て、

「旗本の高山和馬様の使いと聞いたが、かような御老体とは……」

と面倒臭そうに言った。

「かような老体で申し訳ありません。貧乏旗本でして、活きの良い若い中間《ちゅうげん》を雇うコレがないのでございます」

吉右衛門は指で銭の形をして見せた。

「お隣の銭座では仰山《ぎょうさん》、作っておりますが、こちらには一向に廻ってきません」

春日は、和馬が爺イと呼んでいた奴かと思い出して、

「無駄口はよい。用件はなんだ」

「おや。伝わっておりませぬか。おかしいなあ……」

「苛《いら》つく爺イだな。有《あ》り体《てい》に申せ。おまえを相手にするほど暇ではないのだ」

「やはり偉くなると態度が変わりますなあ」

「なんだと」

「秋元但馬守様は、ご在宅ではないのでしょうか。できれば用人様ではなく、直《じか》にお話ししたいと思いまして」

「おらぬ」

「しかし、今日は登城の日でしたが、すでに下城したとのことで参りました」

「殿は疲れておる。用件ならば、この春日が聞くゆえ、有り体に申せ」

「そうですか……では……」

残念そうな顔になって、吉右衛門はよっこらしょと、式台《しきだい》に座った。

「ご無礼を仕ります。腰を傷めているものでして、相済みません」

「……早う申せ」

「はい。実は……岡島敬之進殿のことですが、この御方を殺したのは、同じ館林藩の藩士であることが判明致しました」

「なんとッ。まことか」

「はい。主人の和馬様がキチンと調べて参りました。やった当人たちも素直に認めております。そのうち、ふたりは事を察して逃走を謀《たばか》ったようですが、すでに江戸藩邸の者に囚われ、藩主・井上正春様に切腹を命じられております」

「………」

春日は無言のまま唸るような溜息をついた。

「如何、致しましょうや」

「――というと？」

「先日、岡島殿が命に代えてでも届けに来た、秋元但馬守様への文……私の主人の和馬様が亡骸と一緒にお届けに上がりましたよね」

「うむ……」

「あの文には、藩に纏《まつ》わる重大なことが記されており、それを岡島殿は伯父上の但馬守様に渡したかったのでございます。但馬守様にお見せ下さいましたでしょうか」

「むろんだ」

「お見せ下さいましたか……それで、どういうご配慮を……」

吉右衛門は腰掛けたまま尋ねたが、春日は曖昧に頷いて、

「私は殿にお届けしただけで、中身のことまでは知らぬゆえ、後で問うてみる」

「えっ。あの文を見て、但馬守様は未だに、何もしてくれていないのですか。今日は登城の日だったのではありませぬか。その間に、館林藩主の弟君は、殺されそうになったのでございますよ」

「——私に言われてもな……」

「ですから、先ほどから申し上げているように、秋元但馬守様に直に、おめにかかりたいと申し上げているのですッ」

今度はかなり強い口調で吉右衛門は言ったが、春日は一向に意に介することなく、傍らに控えていた家臣に、「もう帰って貰え」とぞんざいに命じた。

「ならば仕方がありませんな」

吉右衛門はスッと立ち上がり、履き物を脱ぐとそのまま玄関を上がった。

「何をする、無礼者」

春日が声を荒げると、家臣が摑みかかったが、吉右衛門はひょいと躱して、さっさと奥へ向かった。

「曲者《くせもの》じゃ、出合え、出合え！」

追いかけながら春日がさらに怒声を上げると、あちこちから襖や障子戸が開いて、家臣が十数人ドッと現れた。吉右衛門の行く手を阻み、一斉に組みかかろうとするが、ひょいひょいと猿のように避けて前に行く。

「な、なんだ……！」

見かけとは違う軽快な動きに、家臣たちは驚いたが、不思議と血相を変えることはなかった。怒りを爆発させるのは春日だけで、家臣たちは子猫でも追いかけるような様子だった。敵愾心《てきがいしん》を削ぐのも護身術の心得のひとつとはいえ、見事な体捌《たいさば》きである。

奥座敷の居室は概《おおむ》ね想像がつくものの、さすがに山形藩主の大きな屋敷だけあって、吉右衛門は当主を探すのに手間取っていた。

すると、奥の一室が開いて、風格のある白綸子《しろりんず》の羽織姿の侍が姿を現した。

——秋元但馬守である。

なかなかの偉丈夫《いじょうふ》で、骨張った顎《あご》が意志の強さを物語っている。奏者番といえば、頭脳明晰《ずのうめいせき》の上に口舌《こうぜつ》が明瞭で英邁《えいまい》、さらに幕閣らから全幅の信頼がある人物に限られる。

だが、秋元但馬守は、奏者番というよりも剣術指南役のように見えた。事実、手にはすでに刀を手にしており、賊ならば自らが叩き斬るとでもいう身構えだ。

「おお、これは秋元但馬守様……用人の春日様がどうも物分かりが悪いので、無礼を百も承知で勝手に上がり込んでしまいました」

吉右衛門がいつもの飄々《ひょうひょう》とした口振りで話しかけると、秋元但馬守は、

「あっ……！」

と素《す》っ頓狂《とんきょう》な声を上げて、その場に座り、刀を膝横に置いた。

その態度に家臣たちの動きは止まり、様子を見ていた。主君が平伏《ひれふ》す態度に、さしもの春日も呆然と立ち尽くした。

「と、殿……」

声をかける春日に、但馬守は鋭い声で、

「無礼者。この御仁《ごじん》を、雁《かり》の間《ま》にお通ししろ。早うせい」

と命じた。

何がなんだか分からぬまま、春日は家臣数人に命じて、雁の間という狩野派の襖に囲まれた客間に通すのだった。

上座を勧められた吉右衛門だが、当主を立てて下座に陣取った。

但馬守は申し訳なさそうに頭を下げ、部屋の片隅には、訝《いぶか》しそうに頰を歪《ゆが》めた春日が、納得できずに座っている。

「これは吉右衛門様……お久しゅうございます。奏者番になれたのも、偏《ひとえ》にあなた様のお口添えがあったからと……」

「そんな話はよろしい」

吉右衛門は手を振りながら、深刻な顔を向けて、

「それより、岡島敬之進殿からの文は読みましたかな。無惨にも斬り殺されて、この

屋敷に担ぎ込まれましたが」

「えっ……敬之進に何かあったのですか」

「知らない」

「ええ……一体、何が……」

狼狽する但馬守だが、吉右衛門はチラリと春日を振り返った。だが、何も言わずに、但馬守に向き直って、

「館林藩藩士に斬り殺されたのです。その際、あなた様に宛てた文があり、そこな春日様に預けました。敬之進殿の血糊がついた、命がけの最期の文です」

と言ってから、吉右衛門は事実を述べた。

「敬之進が何故……」

「その文には、あなた様への嘆願が書かれていたと思います……春日様。あなたは文を但馬守様に渡さなかったのですか」

「…………」

「いや、その前に、敬之進殿の亡骸には対面させてあげてないのですか」

吉右衛門が詰め寄ると、春日は悪びれる様子もなく、

「事情を申し上げます、殿……」

と膝を進めた。

「あまりにも無惨な姿ゆえ、殿にお見せするのは憚《はばか》られました。可愛がられていた甥御様ゆえ、心を痛めて苦しむことが分かっていたからでございます」

「それで……？」

すべてを見抜いているかのような目で、吉右衛門が訊き返したが、春日は素知らぬ顔で、但馬守だけを射るように見て続けた。

「その時は、体を清めた上で荼毘《だび》に付し、国元に送って貰おうと思いまして、納棺してから館林藩邸にお返ししました。まさか館林藩の者が殺したとは露《つゆ》知らず……とんだ不調法を致しました。このとおり、お謝り致します」

丁重に話をする春日を、さすがに但馬守もおかしいと感じたのか、自分に報せずに余計なことをしたと叱責した。

「されど殿……血濡れた敬之進様の亡骸が、我が藩邸にあれば、それこそ何事かといらぬ疑いをかけられますぞ」

「なにッ」

「我が秋元家は代々、武蔵川越藩主でありましたが、涼朝公の折に、領内の一揆を抑えきれず、山形に国替えとなりました」

「………」

「さらに先代の永朝《つねとも》公の折にも、奏者番の身でありながら、上様年賀の際に大きな失敗をしたため、その職を解かれました……我が藩とは関わりないとはいえ、館林藩の内紛に巻き込まれる形で、敬之進様の亡骸を預かれば、あの水野忠邦様のことです……殿を責め立て、下手をすれば御家断絶にされるかもしれませぬ」

目尻を上げて訴える春日を、但馬守は静かに見守っていたが、

「館林の内紛とはなんじゃ」

「ご存知ありませぬか。井上家では藩主の正春様と弟の正兼様は犬猿の仲。色々とゴタゴタ続きでございます。それに、敬之進様も巻き込まれた形で……あんな無残な目に」

今にも泣き出しそうな顔になって、春日は悔しそうに膝を叩いた。

「──ふうむ……」

但馬守は腹の底から溜息を吐き出して、吉右衛門を見やった。救いを求めるような目だった。吉右衛門が自ら乗り込んでくるほどのことだから、裏に何かあるに違いないと推測している様子である。

「館林藩の井上家に内紛などありませぬ。たしかに兄は真面目で、弟は世捨て人のよ

うに暮らしている様子ですが、不仲ではありませぬ。家老たちが、そう見せかけているだけでございますよ」

「何のためにだ」

　思わず春日が、吉右衛門を睨みつけた。

「おやおや。春日様は百も承知だったのでありませぬか？」

「…………」

「井上家は、先祖伝来の浜松に帰りたいのでございます。そのことを、正春様は繰り返し、御公儀に嘆願しておりました。もちろん、正兼様もご連名で」

「知らんッ」

　春日は吐き捨てて横を向いたが、吉右衛門は「そんなはずはないでしょう」と牽制するように言ってから続けた。

「浜松城藩主でもある水野忠邦様は、井上家を館林に置き留めておきたい。館林藩の家老たちも国替えになれば、折角の様々な利権をまた一から作り直すことになるのは厄介……その利害が一致したがため、井上家兄弟を不仲だと仕立て上げ、家臣たちが必死に鎮めようとしている、という形が欲しいのです」

「なんと……」

「聡明な但馬守様なら、お気付きと思いますが」

吉右衛門は穏やかだが、意志の強そうな目を向けたまま、

「敬之進殿を襲った館林藩家臣たちは、藩主・正春公の命令で切腹させられましたが、その直前に、すべてを吐露しました」

「すべてを……」

「ええ。敬之進殿は、井上家の事情を公儀に伝えるために、但馬守様……あなたに接触しようとした。それを邪魔するために、春日様にもそれなりの報酬を渡していると」

「出鱈目を言うな。黒岩がさようなことを言うわけがない」

春日は腰を浮かしそうになって、吉右衛門に向かって声を荒げたが、但馬守の方がジロリと睨みつけて、

「おまえは、黒岩という者を知っておるのか」

「はあ……?」

「吉右衛門様はまだ一言も、館林藩の誰かと名を上げておらなんだが」

「いえ、それは……先ほど、そうです……この爺イが、いやこの御方が……」

適当に誤魔化そうとしたが、吉右衛門はキッパリと、

「言っておりません。次席家老の黒岩はまだ切腹しておりませんしな。往生際《おうじょうぎわ》が悪くて、何も知らんと言い張っておる。正兼様までも殺そうとしたのに」

と言うと、春日はバツが悪そうに俯いた。

その顔を見ながら、吉右衛門は懐から一枚の奉書紙を取り出した。それを開けると、血濡れた例の敬之進が息絶え絶えで、和馬に預けた封書があった。すでに血は乾いて黒ずんだ染みになっているだけだ。

「先ほど、春日様は、これを但馬守様に渡したと言った。だが、但馬守様は受け取っておりませなんだ……春日様は文の中身を見たはずです。何が書かれてましたか？」

「…………」

「あれも一緒に懐に入れていたから、血が付いてたそうですがな、あれは両替商に借金の返済延期を頼む嘆願書でね……読みましたか」

「うっ……」

「奪い返そうともしませんでしたか……あの時、和馬様はあなたに何か違和感を感じたらしく、とっさに入れ替えて渡したらしいのです。はは、なかなか機転が利きますでしょ」

「…………」

「こちらが本物です。封印されていますので、私も読んではおりません。どうぞ」

吉右衛門が差し出すと、但馬守はそれを手にして、うっと嗚咽《おえつ》を洩らしそうになった。震える手で指先で開けながら、

「これが……敬之進の血か……痛々しい……ああ、敬之進……」

と悲痛な声を洩らすのだった。

その中にどういうことが書かれているのか、春日は黒岩から聞いて、おおよそ知っているのであろう。自分の不行跡も暴かれるのかもしれぬと思ったが、何もせずにただ打ち震えながら座っていた。

「——殿……この爺イ、あ、いえ……ご隠居は一体、何方《どなた》なのですか……」

春日は掠《かす》れそうな声で訊いたが、但馬守は怒りに耐えながら、

「おまえごときが知らぬでもよい」

と言って文を開いた。

血は中にまで染み込んでいた。それを見た但馬守は、達筆でしたためられた敬之進の文字を食い入るように読むのだった。

七

遠江浜松藩の屋敷は浜町にあるが、水野忠邦は老中首座にあるため、山下御門内《やましたごもん》の拝領屋敷に住んでいた。いつでも将軍のもとに駆けつけることができるためである。

この夜、遅く――。

火急の用件ということで、秋元但馬守は先触れを送って後、すぐに水野に面談した。奏者番が慌てるような事案はないはずだと、不思議に思いながらも、水野は但馬守と会ったとき、いつになく嫌な予感がしていた。

「ご無礼かとは存じましたが、登城前では失礼かと思い、また城中にては相応《ふさわ》しくない話ですので、何卒《なにとぞ》、ご寛容のほどを」

丁重に頭を下げた但馬守は、袱紗を差し出すとすぐに広げて、血染めの封書を見せた。

「――なんだ、それは……」

水野が何事かと訝しむと、秋元は甥の敬之進が、井上侍従正春の意向を受けて、自分に届けようとした手紙だと説明をした。その途中に、同じ藩の者たちに討たれたこ

とも伝えて、

「正式な嘆願は、井上侍従様からご公儀に届けられると思いますが、あくまでも私からの根廻しということで、お願い仕ります」

「何事だ、藪から棒に……」

城中とは違って、不機嫌な面持ちの水野だが、秋元は裏表のある人間だということを承知していた。

「水野様もお疲れでしょうから、単刀直入に申し上げます」

「そうせい」

「井上家を、浜松に戻して下さいませんでしょうか」

「なに……」

「ここで私が詳しく語るのは釈迦に説法でございましょう。如何《いかが》でございましょうか」

あからさまに不愉快な態度になった水野は、苛々《いらいら》と手にしていた扇子《せんす》で軽く脇息の傍らを叩いていた。

「その文には、家康公が岡崎《おかざき》から移って根城にした由緒ある所であり、井上家の先祖が眠る土地への帰還を願っている、正春公の思いが熱烈にしたためられております。

どうか、願いを叶えて下さいませ」

「………」

「どうか宜しくお願い致しまする」

平伏する但馬守に、水野は迷惑そうに、

「さような真似はするでない。大名の国替えは、身共《みども》ひとりが決められることではない。幕閣に諮《はか》り何度も議論を重ね、上様に裁断願わねばならぬことだ。それくらい、おぬしも承知しておろう」

と言った。明らかに話し合うつもりはないという投げやりな言い草である。

「では、こうしては如何でございましょうか」

但馬守は手をついたまま申し出た。

「我が秋元家は宝永《ほうえい》年間より代々、武蔵川越藩主を担っておりました。山形を嫌がったわけではありませぬが、祖父・凉朝は病にて行けず、私の父・永朝が入封しました」

「………」

「私も馴染みのある関東周辺がありがたい。ですので、井上家が浜松に移ることで、私が館林に入ってもようございます」

「勝手なことを……」

「重々、承知しておりますが、我が甥御が命を落としてまで訴えたかったのは、井上家のこともありますが、藩内において家老たちが悪政を繰り返していることでございます。藩札の乱発などは、水野様の耳にも届いておいででしょう」

不正を紊(ただ)すことは幕府の最高位にある者の務めであると、但馬守は訴えた。

「国替えをすることによって、家老たちを罷免することもできます。どうかどうか、ご勘案下さいませ」

「――分かった。承《うけたまわ》っておく」

ぞんざいな態度で、水野は話を終わらせようとした。だが、但馬守はしつこく、

「事は急を要します。館林藩の領内は乱れております。失礼ながら、これを収束させるのは、まだ若い井上侍従様には難しいと存じます。その仕事を、私に任せて下さいませぬか」

と言った。ただ関東に戻りたいというのではなく、不作が原因で一揆や打ち壊しなどが続いている館林領内を立て直したいという思いが、但馬守にはあったのである。

「それが、亡き甥御への供養とも思っております……実は、転封が叶えば、敬之進は館林に残り、我が藩士として改革に手を貸すとの誓いも書かれておりました」

「ふん。あっさりと主君を替えるのが、忠義の徒とでも言いたいのか」

皮肉っぽく言う水野に、但馬守はさらに説得をしようとした。

「浜松はさすがに水野様の国元だけあって、藩政は安定しております。そこに若き新しい藩主を送る度量があっても、宜しいのではありませぬか」

「もうよい。その話は改めて受ける」

うるさそうに水野は声を強め、扇子で床を叩いて立ち上がろうとした。

「さようですか……」

但馬守は残念そうに吐息混じりに、

「そうして下さることが、水野様のせめてもの罪滅ぼし……そう感じていただけると、私は期待しておりましたが、愚考でした」

「──どういう意味だ……」

「そこまで言わせまするか……ですが、その話も改めて、上様ご臨座の折に、国替えの嘆願と共に申し述べたいと存じます」

「おい。まさか……」

わずかに不安げになる水野の顔色を見て、但馬守は畳みかけるように言った。

「いわゆる〝三方領知替え〟の犠牲になったのが、井上正甫様であること、水野様は百も承知ですよね……その時、手籠めにあったという女とその亭主はその後、内藤様の御領地から、あなたが入封後に浜松に送られております……口封じだったのでしょうか」

「無礼者！」

「こちらも昔のことですから、持ち出すのは嫌でございますが、証拠がないことはありませぬ。あなたが浜松に入りたい一心で、幕閣になりたい野望のために、井上家の醜聞をでっち上げ、さらに幕府に一万石を献上してまで、唐津よりも石高の低い浜松に移りましたね」

「だから、なんだ。それ以上のことを、身共はやってきたつもりだが」

「ええ、そのとおりでございます。稀有《けう》な為政者でございます。ですから、その実績と名誉を汚さぬよう、井上家の安泰を計らって下さいますよう切にお願い致します」

「…………」

「我が秋元家も代々、老中や奏者番を担ってきておりますれば、上様に直訴に及んでも構いませせぬ。如何でございましょう」

歯噛みをしながら水野は、但馬守を凝視していたが、

「その敬之進の文は、黒岩清五郎という館林藩の獅子身中《ししんちゅう》の虫に奪われそうだった

のですが、私に届けて下さったのは……あの吉右衛門様でございます」

　と但馬守は付け加えた。

「えっ……あの……！」

　厄介な人物の名を出されたと、水野は判断したのか、

「――相分かった。早々に幕閣に諮《はか》る」

　と言って深い溜息をついた。

　但馬守は真摯な態度のまま、さらに深々と頭を下げるのであった。


　深川診療所の一室では、お光が正兼の腕の怪我を治療し、後の世話をしていた。

　思いの外、傷が深く、藪坂が膿などを出した上で、西洋医学の外科の手術を取り入れて綺麗に縫合していたのだ。

「いや、かたじけない。先生のお陰で、なんとか腕が動きそうだ」

　正兼が感謝を込めて言うと、お光は微笑みかけて、

「ええ。藪坂先生の手にかかったら、治せない怪我や病はありませんよ。でも、これでは絵がしばらく描《う》けませんね」

「なに、もっと上手《ま》くなるかもしれぬぞ。さすがは江戸一番の評判の医者だ。救われ

た。改めて礼を申す」

「先生は礼は要らない、という考えなんです。だって、手助けしただけですから。治るのは天から授かった自分の力ですって」

「なんと懐の深いお人だ。お光さんも、先生のもとで立派な医者になるのであろうな」

「え、あ……はい……」

お光は少し俯き加減で、曖昧に答えた。そこへ顔を出した千晶が、いきなり正兼の背中を叩いた。よろけそうになって「アタタ」と声を洩らした。

「千晶殿か……勘弁してくれ。まだ傷に響くのだ……」

「情けないお殿様だねえ」

「殿様ではない」

「もし、亜子様がご懐妊しなかったら、あなたが継ぐのでしょ」

「いや、俺は……だから、なんとしても兄上に子を授かりたいのだ。それを成し遂げるのが千晶殿の務めでござるぞ」

「分かってます。でも、正兼様……あなたのお子様もいた方が宜しいのではありませんか。これからの井上家を支えるためにも」

千晶はもう一度、馴れ馴れしく背中を叩いて、

「ほら。そこに元気な赤ちゃんを産みそうな女の子がいるじゃないですか」

と、お光の方へ押しやった。

「な……なんと……」

「あの時、お光ちゃんを連れ去ったのは、何か異様な気配を察して、助けたかったからでしょ。私は見捨てられましたが」

「そんなことはない……」

「いいですよ。誤魔化さなくても。お光ちゃんだって、まんざらじゃない……というか、もしかして〝ほの字〟でしょ」

と千晶はからかうように笑った。

お光は困惑して俯いたままだが、どう答えてよいか分からぬほど恥じらっている。

「浜松に連れていくなり、煮るなり焼くなり、好きにしてやって下さいな」

「いや、俺は浜松には行かぬ。江戸が性に合っている。これからも、ふたりして亜子様の所に来てあげて欲しい。宜しく頼む……では私はこれで……」

と立ち上がり、山門の方に向かい始めた正兼に、「私も行きます」とお光が追いかけた。

その姿はまるで若い夫婦のようだった。

空は晴れているのに、雨が静かに降り出すのを見て、なぜかふたりは笑って、濡れながら一緒に歩いていった。

この数年後——井上家は浜松に転封し、代わりに秋元家が館林に入ることとなる。

秋元久朝は隠居し、甥で養子の志朝《ゆきとも》が館林藩主となり、藩政改革はもとより、安政《あんせい》の大地震や禁門《きんもん》の変《へん》という幕末の天災や政治的な異変に直面しながらも、藩政を立て直し、長州征伐《ちょうしゅうせいばつ》などを経て、明治時代まで存命している。

一方、井上家が浜松藩に〝帰還〟した際、水野忠邦の息子・忠精《ただきよ》は、出羽山形に転封させられた。

井上正春は安政年間から慶応年間まで、藩政立て直しの改革を断行した。

その子の正直《まさなお》は、寺社奉行や老中などの要職にありながら、外国御用取扱《がいこくごようとりあつかい》も務め、海防のための台場建設を行った。

その一方で、藩校克明館《こくめいかん》の創設に尽力して開明的な人材育成を行い、幕末の王政復古の際には、藩を混乱から救った。戊辰《ぼしん》戦争の際には、正直は朝廷側につき、版籍奉還後には、転封していた上総鶴舞《かずさつるまい》の知事に就任し、日露《にちろ》戦争の時代まで生きた。

千晶のお陰で生まれた子だが、歴史の転換期に活躍しようとは、深川診療所で働いている時には思ってもいまい。

正兼の方は、後に分家である常陸《ひたち》下妻《しもつま》藩の藩主となって伊予守《いよのかみ》に叙任され、水戸《みと》藩の〝天狗党《てんぐとう》の乱〟を鎮圧するなど、幕末の動乱に巻き込まれることとなる。それでも、お光と一緒に絵筆を持ち続けたという。

第三話　地獄の光

一

両国橋西詰《りようごくばしにしづめ》にある仮設の芝居小屋では、『地獄一座《じごくいちざ》』が興行をしていた。

変な一座名だが、大層《たいそう》、人気があるらしく、関八州のあちこちを転々とし、この度、一月《ひとつき》間も江戸で幕を開けることになった。宮地《みやち》芝居と違って勧進《かんじん》興行でないため、見世物《みせもの》小屋扱いである。

もっとも見世物小屋ならば、江戸市中では禁じられている女役者も、芸人として舞台に出すことができるので、『地獄一座』の女役者たちも、むさ苦しく説教臭い芝居に華を添えていた。

芝居小屋の表には、まるで歌舞伎《かぶき》興行のような幟《のぼり》に、人気役者の名が川風に揺れており、軒《のき》看板にはおどろおどろしい地獄絵図に重ねて、戦国武将のような甲冑《かっちゅう》姿に刀や槍、弓などを構えた幾多の〝神様〟が描かれていた。看板の下には、木戸銭《きどせん》を払う人々の長い列が続いており、案内役や下足《げそく》番らも休む暇もないほど大忙しであった。

その行列の中には、吉右衛門の姿もあった。誰かは分からないが、年の頃は四十過ぎの上品な武家女を連れていた。年増《としま》もよいところだが、なかなかの美形で匂い立つような色艶《いろつや》がある。吉右衛門にとっては、娘の年頃であろう。

「凄いですねえ。本当に『地獄一座』は、人気があるのですねえ」

いたく感心して溜息《ためいき》を洩らす武家女に、吉右衛門はいつになく鼻の下を伸ばして、

「そうでございましょ。私ね、『地獄一座』を追いかけていた時期もありましてね、なんというか、胸がスカッとするのです」

「胸が……なんだかおどろおどろしい感じが致しますがね」

「ええ、ええ。でも観れば分かりますよ。なんたって、あの一休宗純《いっきゅうそうじゅん》が書かれた物語を元にしておりますからな。頓智《とんち》が効いてて、面白くないわけがないのです」

「一休宗純って、あの一休禅師《ぜんじ》さんですか、『一休噺《ばなし》』の……」

『一休噺』とは江戸初期の仮名《かな》草子のことであり、頓智小僧として庶民の間に広がっ

たものである。本物の一休禅師とは違う、いわば創作された人物像である。

もっとも、此度の『地獄一座』の演《だ》し物、『仏鬼軍《ぶつきぐん》浄土絵巻《じょうどえまき》』というのは、一休禅師が書いた『仏鬼軍』を芝居にしたものだ。

「これは『一休法話集』にある物語で、もちろん一休禅師の作り話ですが、私はかの『太平記《たいへいき》』に匹敵するものだと思いますがねえ……本当に素晴らしいんですよ、津耶《つや》さん」

吉右衛門が真顔で言えば言うほど、津耶と呼ばれた武家女はおかしそうに笑った。

「いやいや、本当に正真正銘、一休禅師が書いた法螺話《ほらばなし》なんです」

「あら、法螺なんですか？」

「法螺といえば語弊がありますかな。ちゃんとした擬軍記物《ぎぐんきもの》ですぞ」

「つまりは偽物《にせもの》でございますわよね」

「簡単にいえば、そうですな、わはは……でも、筋立てがなかなかいいのです」

がやがやと賑やかな客に押されるように、吉右衛門と津耶は、前から五番目くらいの花道の側《そば》の枡席《ますせき》に座った。

旅芸人の三文芝居なのに、歌舞伎を真似て花道まで拵《こしら》えてあるのは、出入りや動きの激しい〝軍記物〟であるからであろう。

隣り合って体を擦《す》り合わせるほどの姿勢で座った吉右衛門と津耶は、傍《はた》からはどう見ても、隠居の爺《じい》さんが自分より若い後家《ごけ》を誑《たぶら》かしているような光景にしか見えなかった。

「仏様の中でも一番偉いとされる阿弥陀如来《あみだにょらい》が大将軍となってね、観音左衛門《かんのんざえもん》、勢至《せいし》太郎《たろう》、薬王兵衛《やくおうひょうえ》、普賢殿《ふげんどの》、自在五郎《じざいごろう》……など二十五人の菩薩《ぼさつ》様らが、甲冑姿でそれぞれ得意の武器を携《たずさ》えて、いわば仏様の連合軍が、罪人たちを救うために地獄に攻め入るという物語なのです」

「おやまあ、随分と荒唐無稽《こうとうむけい》な……」

「そこが宜《よろ》しいのです。説教臭い坊主の話より、よっぽど極楽と地獄、仏と鬼、善人と悪人の違いがよく分かりますぞ」

「さようですか。それは楽しみです」

「他にも、釈迦《しゃか》如来、薬師《やくし》如来、宝勝《ほうしょう》如来らが、東西南北の浄土から、それぞれの武将を引き連れてきて、地獄に四方から攻め入るのです。ふはは、これがなかなか痛快でしてな。閻魔《えんま》や鬼どもをやっつける姿が、なんとも頼もしくて仕方がないのです」

　などと吉右衛門が講釈を垂れていると、近くの若い男客のひとりが、

「爺さん、うるせえよ。筋立てを聞いたら、面白くもなんともないじゃねえか」

と文句を言ってきた。

吉右衛門はにっこりと微笑《ほほえ》み返して、

「私などは何度も観てますが、面白いですよ。浄土に行くまで百万遍《ひゃくまんべん》でも聞いておれば、あなたも地獄に行かなく済みますぞ」

「余計なお世話でえ」

「ですな。京の知恩寺《ちおんじ》の高僧、かの空円上人《くうえんしょうにん》が、百万遍念仏を唱えたら、大流行《おおはや》りだった疫病が収まったとのことですが、私らは百万遍も唱えなくても、この芝居一回観ただけでも、極楽浄土に行けそうですぞ」

「だから、うるせってんだよ。喧嘩売ってんのか、爺《じじ》イ」

「いやいや、売ってるのは、そちらでしょ」

「なんだと、このやろう。さっきからグダグダ言いやがってッ」

腹立たしげに袖を捲《まく》って、チラリと彫り物を見せた。如何にも遊び人の風体《ふうてい》である。

だが、吉右衛門は怯《ひる》むどころか、青々として波打つような紋様にそっと触れながら、

「いやいや、素晴らしい。これは、千手千眼観自在菩薩《せんじゅせんがんかんじざいぼさつ》の刺青《いれずみ》ではありませぬか。いわゆる千の手であらゆる生き物を助け、掌《てのひら》には千の眼がついていて、世の中の隅々

まで見ていて、どんな人々でもひとり残さず救い出すという、あの千手観音！」

「そ、そうなのか……」

「え？　自分の彫り物が何か知らないのですか」

「うるせえ」

「こりゃ立派そうだ。背中を見てみたいですが、芝居の後にでも是非、拝んでみたいです。お見逸《みそ》れいたしました。あなたは既《すで》に仏様の境地なのですね。相済みませんでした」

「――からかってんのか、てめえ……」

声は小さいが吐き出すように言ったとき、チョンと拍子木《ひょうしぎ》が鳴って、前振りが「とざい、とうざい、とざい、とうざい……本日お披露目《ひろめ》致しますのは、『地獄一座』十八番より『仏鬼軍浄土絵巻』……」と朗々とした声を芝居小屋の中に響かせた。

舞台は、霊鷹山浄土《りょうじゅせん》から進軍してきたという釈迦如来が、文殊《もんじゅ》菩薩や普賢菩薩らを率いて地獄に向かっているところから始まった。やはり戦国武将と家来たちの衣装であるが、顔にはそれぞれの仏像を思わせる面《めん》を頭に載せており、体には法華経《ほけきょう》の経文が巻かれている。

釈迦如来が立ち止まると、遥《はる》か眼下を眺めるように手を掲げ、

「皆の者、よく見るがよい。あれが地獄の門である。その奥には閻魔王庁があり、罪なき人々を大釜で茹でておる。何としても救わねばならぬ」

と朗々と声を上げた。

「閻魔は罪なき人を懲《こ》らしめるのですか。地獄には悪い者たちが連れていかれるのではないのですか、釈迦如来様」

従軍している一兵卒風の神様が訊いた。神様といっても、厳しい修験道などを経て、人間から神になった者である。

「よく聞け、我が兵たちよ。山を駆ける鹿《しか》や猪《いのしし》、池で泳ぐ鯉《こい》や鮒《ふな》を獲るだけで、地獄に送られるのは閻魔の悪行である。我が身の食を得る者が何故、罪人なのであろうか。悉《ことごと》く地獄に落とされて苦しみ、極楽浄土に行けるのは十人にひとりという有り様だ。一切の衆生《しゆじよう》は我が子である。我らは地獄に討ち入って、ひとりでも多くの亡《もう》者《じや》を救って、浄土に迎え入れようではないか！」

と釈迦如来が見得《みえ》を切ったところで、大向こうから声が飛んでくる。

「お釈迦様！」「如来様！」と呼ぶ者もいれば、「ヨッ。後家殺し！」「玉入れや！」などとふざけた言葉が飛んでくるのも、旅芝居ならではである。

芝居はそこから薬師如来軍や宝勝如来が駆けつけてきて、地蔵《じぞう》菩薩の案内によって攻撃にかかるのである。

不思議なことに宝勝如来は単身であり、誰ひとり郎党を従えていないが、如意宝珠《にょいほうじゅ》というものを投げると、武者たちが無数に飛び出してくるという設定らしい。役者の数が限られているからの工夫ではなく、元の話にそうある。

第一幕は地獄の門を破って押し入り、普賢菩薩と文殊菩薩が雨を降らせて、地獄の釜の熱湯を冷ますというところまでである。

第二幕では、その地獄の先制攻撃に一度は退却する地獄の鬼たちだが、閻魔大王に強力な念力を与えられ、まさに地獄のような戦いが七日七夜続くのである。

そして第三幕は、不動明王《ふどうみょうおう》、大威徳明王《だいいとく》、金剛夜叉明王《こんごうやしゃ》らの恐るべき憤怒《ふんぬ》の猛攻撃で、閻魔王庁を〝落城〟させ、その後、入城した大日如来、阿弥陀如来、薬師如来、釈迦如来が地獄を極楽浄土へ、仏で溢れかえる都へと変えていく——はずだった。

ところが、第一幕の終盤に、地獄の釜が冷めて、獄卒《ごくそつ》である鬼たちが逃げず、さらに花道から数人の閻魔大王の面を被《かぶ》った者がぞろぞろと現れた。

これまでとは違った展開に、吉右衛門は「おや？」となったが、大勢の客が拍手喝采で迎えた。どうやら、閻魔大王はひとりではなく、〝閻魔軍〟なるものを作って、第一関門で大立ち廻りをする趣向なのかと、吉右衛門も楽しんでいた。

隣の津耶も少し怖そうに、吉右衛門の手を取ってきた。まんざらでもない吉右衛門は、その手を握り返して芝居を見続けた。

するると、鬼のひとりが六方《ろっぽう》を踏むような舞いで入ってきたかと思うと、手にしていた短筒をいきなり発砲した。

ダン――！

やんやの大拍手だが、阿弥陀如来や釈迦如来を演じていた役者たちが、思わずアッとしゃがみ込んだ。他の役者たちも腰を抜かしたようにその場に座って、

「な、なんだ……こんな段取りがあったかい……座長が仕掛けたのかい」

と釈迦如来が訊くと、阿弥陀如来は頭に手をやったまま、

「知らねえ。聞いてねえよ」

と答えた。

そんなふたりを見て、観客たちは笑っていたが、すぐに唐風《からふう》の被り物と衣装を纏《まと》った、赤ら顔に濃い髭《ひげ》の閻魔大王が、舞台の袖から飛び出てきた。

「なんだ、おまえら。何をしてるんだ」

慌てた様子で声をかけたが、そのドタバタも芝居だと思って、客たちは面白そうに笑い声を上げていた。だが、次の瞬間、観客席があっという間に騒動となった。

鬼のひとりが槍の穂先で、閻魔大王の脇腹辺りを突いたのである。

「う……うう……」

閻魔大王はその場に崩れて、呻《うめ》き声を上げた。被り物や付け髭が取れると――その顔は、この一座の座長で、〝看板役者〟の立花夢之助《たちばなゆめのすけ》だった。歌舞伎役者顔負けの二枚目で、閻魔大王は敵役《かたきやく》だが、最後の最後は閻魔大王も、改心をして如来になるというサゲがあるから、座長自らが演じていたのだ。

「みんな、動くな。静かにしろ。でないと、この短筒で撃ち殺し、刀や槍で殺すぞ」

鬼の頭目《とうもく》が怒鳴った。鬼の中には弓に矢をつがえている者もいる。

「――吉右衛門さん……これも芝居なのですか……」

明らかに異様だと察したのか、津耶は不安げに吉右衛門に寄り掛かった。たしかに妙だと思った吉右衛門だが、下手《へた》に動くと誰かが犠牲になるかもしれぬ。鬼たちの足《あし》捌《さば》きを見ていると、ただの賊とも思えぬ。武芸者であろうことを直感していた。

舞台の片隅で崩れたままの立花が、鬼の頭目に声をかけた。

「どういうつもりだ。芝居を台無しにしやがって……お客様たちに迷惑をかけたら、この俺が許さぬぞ……」

脇腹を押さえながら必死に言う立花を、近くにいた鬼の子分が足蹴《あしげ》にして、

「黙れ。人のことより、自分の怪我の心配をしろ」

と怒鳴った。

すると、客席の後ろの方の者が立ち上がって逃げ出そうとした。その背中に向けてビュンと矢が放たれた。

見事に命中したが、それは舞台用の作り物で鏃《やじり》は鋭く尖っていない竹細工だった。それでも、激しい痛みがあったのであろう。客はその場に崩れた。そこに、他の鬼面《きめん》の者が数人来て、刀を抜き払った。

「大人しく席に戻れ。今度動くと、本当にこの場で斬る」

と命令した。

客は這うように元の桟敷《さじき》に戻らざるを得なかった。その様子を見ていた客たちは、悲鳴を上げそうになったが、恐怖のため声を嚙み殺すしかなかった。

それでも、立花は勇敢に声をかけた。

「何をするのだ。人質《ひとじち》なら俺たち役者だけでよいではないか……みんなを解き放ってくれ……た、頼む」

「この期に及んで、正義漢気取りか……」

今度は、本物の槍の穂先で立花の足を突いた。血が滲んで舞台に流れた。

「なめるなよ……俺たちの要求は只ひとつ。老中首座、水野忠邦をここへ呼べッ。一刻だけ待つ。来なければ、人質にした客をひとりずつ殺す。よいな」

鬼の頭目が朗々とした声を発した。だが、その理由は何も言わない。

「この中に、旗本がいるのは承知している。上手《かみて》のまっすぐ後ろにいる、おまえ……高山和馬！　今すぐ江戸城に出向いて、水野をここへ連れてこい！」

名指しされた和馬はスッと立ち上がった。それを振り返った吉右衛門は思わず、

「和馬様、来ていたのですか。なんだ、それなら言ってくれたらよかったのに。てっきり、見合いに出かけたとばかり思ってました」

と声をかけた。

「いや、それが先方に振られてしまってな」

間抜けなやりとりに、鬼の頭目は苛《いら》ついたように、ダン！　ともう一度発砲した。その弾丸は和馬のすぐ近くの飾り提灯《ちょうちん》を粉砕した。ワッとあちこちで悲鳴が上がったが、すでに鬼面の仲間たちは、芝居小屋の四方を取り囲んでいた。

思わず吉右衛門が中腰になって、

「いやいや。これでは、ここが閻魔王庁ではござらぬか。もっとも取り囲んだのは、神様ならぬ、お上《かみ》に楯突く者のようですがな」

「減らず口もそこまでだ。爺イ。もし、水野が来なければ、おまえを最初に殺す」

と言うと、鬼の頭目は覚悟しろとばかりに今度は槍の穂先を向けた。

吉右衛門は思わず手を打って、

「それは良い考えです。どうせ老い先短いですからな。若い人は後にして下され」

と言った。すると、鬼面の目の奥が燦《きら》めいて、

「余裕だな、爺イ」

「はい。ここには千手観音がおりますので、あんたらなんぞ、一網打尽にできますでしょうからな、あはは」

隣の遊び人の背中をポンと叩いた。遊び人は思わず俯《うつむ》いて、「よせ」と呟《つぶや》いた。

和馬は舞台の後ろから、鬼の頭目に声をかけた。

「用件は承《うけたまわ》った。直《ただ》ちに呼びに行くゆえ、客には指一本触れるな。よいな！」

「おまえこそ、そのまま逃げたら、ここにいる者たちを皆殺しだ。分かったな、さあ、行くがよい！」

鬼の頭目に命じられて、和馬は芝居小屋を後にするのだった。

二

江戸城閣議の間では、直ちに招集された老中・若年寄たちによって、両国橋西詰で起こっている芝居小屋での騒動について話し合われていた。末席には、北町奉行・遠山左衛門尉の顔もある。

遠山以外は生あくびをする者もおり、話し合いは遅々として進まなかった。

「――如何《いかが》なさいまするか、水野様」

痺《しび》れを切らしたように遠山は、前のめりになって訊いた。遠山は、和馬から直《じか》に『地獄一座』の興行中に起こったことを伝えられたのだ。和馬としても自分の上役である小普請組支配の大久保《おおくぼ》などに話したりしていては、いつ幕閣に届くか分かったものではないからである。

「うむ……」

「悠長なことはしておられませぬぞ。芝居小屋には、たまさか旗本の高山和馬がおりました。立てこもりを謀《たばか》った者は……何者かは分かりませぬが……高山を名指しで伝令掛《かかり》として指名しました」

「高山を……」

「そうです。一刻の猶予もありませぬ。これは洒落《しゃれ》ではなく、まさに一刻の間に水野様……あなたが行かなければ、人質が殺されるかもしれぬのです」

切羽詰まった顔で訴える遠山に、老中の諏訪《すわ》信濃守《しなののかみ》や若年寄の溝口《みぞぐち》隠岐守《おきのかみ》らは、冷ややかに笑みを浮かべている。他に勘定奉行の猪股《いのまた》主計頭《かずえのかみ》や寺社奉行、大目付らもおり、皆が皆、遠山の勇み足を窘《たしな》めるような態度をしていた。

「おいおい、遠山……さような下々《しもじも》の戯《ざ》れ事《ごと》に、老中首座の水野様を連れていくなど、大真面目に言うておるのか」

諏訪が言うと、溝口も透《す》かさず、

「さよう。それも客を驚かせるための芝居かもしれぬではないか。『地獄一座』というのは、とんでもなく荒唐無稽な芝居をするとの評判だ。真《ま》に受ける方がどうかしている」

と小馬鹿にしたように言った。

「では、万が一にも犠牲者が出たら、御一同は責任を取れるというのですか」

「責任？　何故、我々が負わねばならぬ。責任があるとすれば、遠山……町奉行のおぬしではないのか」

諏訪は嫌味《いやみ》たらしい目を向けて、

「両国橋西詰で芝居興行を許したのは、おぬしゆえな」

「それは分かっております」

「ならば、自分で解決するがよかろう」

「されど賊は、水野様が来ることを要求しておりますれば」

「黙れ、遠山……もし、賊が上様を連れてこいと命じたら、おまえは従うのか」

「………」

「そもそも、両国橋西詰では芝居は禁止、それを見世物小屋ということにして、興行を許したのはおぬしではないか。かような下らぬ事態が起こることも、想定しておらなんだか。万が一、小屋の中で殺しがあれば、解決するのはおぬしの責務だ」

興奮気味に諏訪が言うと、勘定奉行の猪股が追従《ついじゅう》して、

「そういえば、遠山殿は芝居好きで、若い頃は芝居小屋で寝起きをしていたとの噂もありますな……寺社奉行が勧進興行を断ったくらいの一座を、我々にさして相談もなく両国橋西詰にて許諾したのは、やはり軽率の誹《そし》りは免れませぬな」

と言葉遣いこそ静かだが、強く非難した。自分の過《あやま》ちを人のせいにするなとまで、声を発する者もいた。

四面楚歌《しめんそか》になった遠山は溜息をついて、

「よく分かりました。御一同は、江戸町人がひとりやふたり殺されても、どうでもよいとの考えだということが」

「それは言い過ぎだぞ、遠山」

諏訪が腹立たしげに目を向けたが、遠山は沈黙を通している水野に向かって、

「芝居小屋には、高山和馬の奉公人・吉右衛門がいることも、付け加えておきます」

「な、なんと……」

ほんのわずかに水野は呟いて、「それを先に言え」とばかりに目を剝いた。だが、他の幕閣たちは、「それがなんだ」という顔つきのままである。

遠山はサッと立ち上がると、

「ご老中らの言うとおりでございまする。両国橋のかの場所に、仮設の芝居小屋を建てさせたのは私のせい。尻拭《しりぬぐ》いは自分でやります」

と頭を下げて廊下に立ち去るのであった。

その半刻後——。
何処《どこ》から掻き集めたのか、和馬が引き連れた数十人の武装した侍たちと、町奉行所

与力同心らが、芝居小屋を取り囲んだ。いつでも強行突入ができるような態勢である。

そこに、物々しい警固役に伴われた武家駕籠《かご》が到着した。

降り立ったのは裃《かみしも》姿の遠山であった。

あまりに威風堂々とした物腰に、芝居小屋の木戸口で、鬼面を被《かぶ》っていた見張り役たちは思わず飛び退いた。

小屋の中に入ると、歌舞伎を見慣れている遠山には窮屈ではあったが、客たちも三百人ほどいようか。遠山は花道を一歩一歩進みながら、舞台の真ん中に立っている鬼の頭目に向かって、まるで役者のような口舌《こうぜつ》の良さで声をかけた。

「老中首座・水野越前守忠邦である。人質籠城を企《くわだ》てた頭目は、おまえか」

座席から、水野と聞いて思わず振り返った吉右衛門だが、一目で遠山だと分かった。何か事情があると察したから知らぬ顔をしていたが、その勇姿を見て、

──なかなかの役者じゃのう……。

と胸の中で呟いていた。

遠山は花道をゆっくりと進みながら、小屋中に響く声で、

「江戸町人を楯にとっての所業《しょぎょう》、断じて許せぬところだが、ここまでやるとは何か事情があってのことであろう」

鬼の頭目はさっきまでの様子とは打って変わって、やや緊張したように体が強張っているのが、誰の目にも分かった。だが、槍を抱えたまま、面の奥の目がキラリと光って遠山を凝視していた。

「こうして来たのだ。直ちに町人たちを解き放つがよかろう。話はそれからだ」

遠山が声をかけると、鬼の頭目は槍の穂先を向けて、

「いいえ。解き放つのは、我らの話を聞いて貰ってからです。この場にいる客は、その証人になって戴きたい」

「勝手な御託《ごたく》を並べる前に、その面を取れ」

「…………」

「顔も見えぬ相手と交渉などできぬ」

「交渉ではありませぬ。これは……嘆願でございます」

すぐに鬼の面を取り払った頭目は、意外と若い侍《さむらい》髷《まげ》の男で、その目は凜《りん》と輝いており、人質騒ぎを起こすような悪辣《あくらつ》な顔には見えなかった。その立ち姿といい、花道の遠山の堂々たる姿勢といい、まるで芝居の続きようであった。

吉右衛門がじっと見守っていると、若侍はその場に座ると床に両手をついて、真剣な眼差しになった。

「水野様に申し上げます。私は関東は天領の真壁郡《まかべぐん》にて、百八村《ひゃくはち》の支配を任せられている代官《だいかん》・清水隆之介《しみずりゅうのすけ》の手代《てだい》・池端新作《いけはたしんさく》という者でございます」

「天領の真壁……常陸《ひたち》だな」

「はい」

「代官所の手代が、かような真似をするとは一体、何事だというのだ」

手代は、いわゆる地方《じかた》に精通した町役人、もしくは庄屋など百姓から選ばれることが多かった。

同じ代官所には、手付《てつけ》という役人もいたが、これは幕府の御家人《ごけにん》の職だった。ゆえに、同格とはいえ手付の方が上だったが、実際の農政や町政に関しては、その国のことを熟知している手代の方が重宝された。

その代わり、上役の代官には辛辣《しんらつ》なことを言う手代も少なからずいた。地元の事情通は自分たちであるという誇りがあるからだ。

もちろん代官は、勘定奉行の支配下にあって、天領からの年貢の取り立てが主な業務であり、また罪を犯した者たちを捕縛して裁く権限も有していた。

つまり、何があったか分からぬが、勘定奉行や代官を飛び越えて、老中に直訴しようというつもりだということは、遠山にはすぐに分かった。

池端と名乗った土下座《どげざ》をしている若侍に、

「直訴《じきそ》は御法度《ごはっと》である。何か子細《しさい》があるようだが、まずはおまえの上役である代官に申し出るがよかろう」

と遠山が言った。

「それが何度、訴えても無視されているので、こうして暴挙に出ました」

「死罪を覚悟しているということだな」

「はい――」

毅然と返事をした池端の姿も、これまた芝居がかっていたが、客たちは何がどうなるのか分からないまま、その場で見ているしかなかった。えもいわれぬ緊張が高まってきた。

その時である。

「あら、遠山様ですわよねえ」

少し腰を浮かせて、津耶が声をかけた。

隣にいた吉右衛門は思わず手を引いて座らせようとしたが、津耶はまるで贔屓《ひいき》の役者を待っていたかのように、

「遠山様。私でございます。若い頃、お世話になった津耶でございます。村上肥後《むらかみひご》

守《のかみ》といえば、覚えて下さってますでしょうか……その娘です。あなた様が西の丸小納戸《こなんど》に入るずっと前のことでございます……でも、あなた様は私よりも、堀田主膳《ほったしゅぜん》様の娘御《むすめご》、おけい様のことがお好きで、添い遂げられましたね」

と懐かしそうに、娘のような恥じらいを浮かべて一方的に述べた。吉右衛門は無理矢理に津耶を座らせて、

「お控え下さいませ。老中首座の水野様でございますぞ」

「その水野様とて、私の父には随分と可愛がられたはず。水野様がまだ唐津藩主の頃から、存じ上げております。奏者番や寺社奉行に引き上げたのは、私の父でございますよ」

「知ってますよ。だから、見れば分かるでしょ。ほら、水野様ではないですか」

吉右衛門は窘めるように津耶に言った。その話を聞いていた隣の遊び人風は、訝しげにじろじろと見ながら、

「あんたら、御老中の水野様を知ってるのかい。どういう奴だよ」

と小声で訊いた。

津耶は構わず、また腰を浮かせながら、

「遠山様ったら若い頃から、お芝居が大好きでしたものね。なるほど、そういうわけ

ですかうふふ……分かりました。これは遠山様が筋書きを書いたお芝居なのでございますね」

花道で突っ立っていた遠山は素知らぬ顔をしたままで、

「池端とやら。その女は相手にせんでよい。続きを申してみよ」

と言ったが、池端は明らかに訝しげな顔になって、ゆっくり立ち上がった。同時に、他の鬼面たちも武器を構え直し、一瞬にしてまた元の緊張した空気が流れた。

「遠山左衛門尉様でございましたか」

「いや、俺は……」

「俺たちが水野様に会ったことなどないと踏んで、北町奉行がおでましになったということか……ということは、隙を見て、俺たちを捕らえようって魂胆だな」

「違う。話を聞きに来たのは本当だ」

言い訳をしようとした遠山に、池端は罵声《ばせい》を浴びせた。

「嘘をついたから殺す！　一人目の犠牲者は約束どおり……爺イ！」

池端が指した直後、ヒュンと音がして一本の矢が飛来した。それは吉右衛門めがけて飛んできたが、わずかにずれて、すぐ横の遊び人の胸に突き立った。

「うぎゃッ……」

悲鳴を上げるのと同時、遊び人の胸の辺りから血が滲み出てきた。

「何をする、貴様！」

思わず立ち上がった吉右衛門は、すぐに手当てをしろと怒ったが、池端は槍を向けた。他の鬼面たちも短筒や弓矢、槍、刀などを身動きできない客に突きつけながら、乱暴に吠えるような声を浴びせた。芝居小屋の中は、また恐怖のどん底に陥《おちい》った。

「遠山のお奉行様……今度はあなたが使いになって下さい。ちゃんと水野忠邦様にお報せして、ここに連れてきて下さい」

「待て、水野様に用件があるなら、俺が必ず伝える。真壁領内で何かあったのであろう。それならば……」

「言い訳は聞きませぬ。さっさと連れてきて下され。小屋の周りにいる武装した役人たちも、連れて帰って下さい。でないと、また犠牲者が出ることになりますぞ」

もはや何を言っても無駄だとばかりに、

「殺すぞ、こら」「死にたい奴は、前に出ろ」「おらおら、文句があるのか」

などと鬼面たちは、震える観客たちをいたぶるように脅した。

「──やむを得ぬ……言うことを聞くから、客には指一本触れるな。いいな」

遠山が制するように言うと、踵《きびす》を返し、小走りで立ち去った。その背中に向かって、

津耶は大向《おおむ》こうよろしく、

「よよ！　金四郎《きんしろう》！　いい男！」

と声をかけた。

「これ、よしなさい、津耶さん。状況が分からないのですか」

「あら、ごめんなさい……女が〝大向こう〟の掛け声はしちゃだめなんですよね。でも、歌舞伎じゃないし、小屋掛け芝居だから、いいのではありませんか」

「そういう意味ではない……」

もういいとばかりに吉右衛門は、隣の遊び人を抱え込んで、

「痛いだろうけど、我慢しなさい。矢を抜いては出血が酷くなる。幸い心の臓は外れて、脇の下あたりの肉に突き刺さってるだけだ。大事ない。私は医術の心得もある。少しの辛抱だ、よろしいかな」

と矢を短く折ってから、手拭いや津耶の帯紐《おびひも》などを使って止血した。そして、持ち歩いている印籠から、痛み止め薬を含ませた。

「この怪我人をすぐに町医者に連れていきなさい。でないと本当に死んでしまいます」

「黙れ、爺イ」

「いいえ、黙りませぬ。あなたは天領の代官所手代だと名乗りましたね。水野様への要求が何かは知りませぬが、人殺しをするような輩《やから》の言うことは、誰であれ聞きませぬ」

「なんだと……」

「水野様は人質がいるからといって、のこのこやってくるような情けある人物ではない。考えが甘すぎましたな、池端様とやら」

吉右衛門が険しい顔で見上げると、その横で、津耶も大きく頷いて、

「そのとおりですよ。水野忠邦様は冷たいお人です。引き上げてくれた父にも、感謝の一言もありませんからね。出世欲の塊《かたまり》だけの人でなしですわよ」

と悔しそうに、また立ち上がろうとした。

「だから、あなたは黙ってて下さい」

困ったように吉右衛門は、津耶を座らせるのであった。

三

舞台の袖からは、『地獄一座』の座員たちが、隙あらば賊に飛び掛かろうと見守っ

ていた。特に、座長の立花夢之助は、槍で脇腹と足を怪我させられていたから、怒りに震えており、虎視眈々《こしたんたん》と狙っていた。

「くそ……俺としたことが油断した……」

夢之助は代々、旅芸人の子ではあるが、芝居の殺陣《たて》などに活かすために、本格的に町道場で一刀流の剣術を習っていた。その腕は、道場主から免許を許されるほどのものだった。これまでも旅芸人たちに嫌がらせに来る浪人やならず者を追っ払うのに役立っていた。

団員たちも元は軽業師《かるわざし》などもいたから、堅固な体つきの者が多いし、元は荒くれ者もいるから腕に覚えのある者もいた。だが、客が人質になっているから、下手に手出しはできないのだ。

「いいか、ここはまだ我慢しろ。奴らは何か重大な要求があるようだ。だが、遠山様とて黙って引き下がる人ではあるまい。何か仕掛けてくるに違いない。その間に、奴らは痺れを切らして油断するだろう。その隙に、俺たちが始末する。いいな」

夢之助は自分が犠牲になっても構わぬと決意した。役者たちはその囁きを聞いて、機会を窺《うかが》っているが、今にも飛び出したいのを我慢していた。

「慌てるなよ。あの池端とかいう頭領以外で、腕がありそうなのは、四、五人だ……

後は数合わせの百姓か何かに違いない」

「でもよ、座長……」

冷静に見ている夢之助に、申吉《さるきち》という阿弥陀如来を演じていた役者が言った。もう四十過ぎの熟練役者だが、痺れを切らしたように袖を捲り上げていた。

「でもよ、今、客席の誰かが言ってたように、老中の水野様が来るなんてことは、万が一にもありえねえ。来なかったら、また鉄砲や矢で客を狙うだろう……あの頭領さえ、ぶっ飛ばしてしまえば、他はどうにでもなりそうだぜ」

「俺もそう思う。だがな、もし思わぬ事態になったら、取り返しのつかないことになる。それだけは避けたい」

「気持ちは分かるけどよ……遠山様だって、そそくさと帰っちまったんだ。お役人なんぞ、あてになるものか」

「いや、しかしな……」

「前にも一度、こんなことがあったじゃないですか。座長の親父《おやじ》さんがまだご健在だった頃だよ……あの時は客ではなく、俺たちを人質に取って、興行主から身代金を取ろうって魂胆の輩だった」

「ああ、俺はまだガキだったがな……」

「その時、一瞬の隙に、座員たちが相手をのしちまって、あっけなく幕引きだ……座長の言うとおり、肝《きも》が据《す》わってるのはあの池端って奴くらいで、他の者はどうだかねえ……」

申吉はもう我慢ならないとばかりに、

「座長。やりやしょう。俺が気を引きますから、座長はその木刀で一撃を」

と言って、夢之助の返事を待たずに、舞台に飛び出した。

その気配を察したのか、池端はすぐに形相が変わり、手にしていた槍で反撃に出た。

だが、申吉は芝居の殺陣さながらに、槍の柄《つか》を小脇に抱えて相手を揺さぶった。ほんの一瞬、池端の体の均衡が崩れた瞬間、突進してきた夢之助が、木刀で池端の膝を打ってさらに崩し、ビシッと首根っこに叩きつけた。

「――ううッ……」

あっさりと崩れた池端の背後に廻って、申吉が羽交い締めにすると、夢之助が木刀の先で相手の鳩尾《みぞおち》を突いた。さらに池端は苦痛に藻掻《もが》いたが、鋭い眼光は向けたままだった。

客たちは芝居なのか、現実なのか目を白黒させており、掛け声などは飛ばなかった。ただただ無言で驚いた。

その時である。

「池端さんを放せ。でないと……」

と座席の後ろの方で、大声を張り上げた者がいた。

客たちが見やると、鬼面をつけたままの男がパッと着物を脱いだ。褌《ふんどし》一丁になったが、その体には発破《はっぱ》用の火薬を晒しで体中に巻いていた。そして蠟燭《ろうそく》を手にしている。

「放せ。でないと、これに火をつけて、小屋ごとぶっ飛ばすぞ」

野太い怒声で脅した。その近くにいた客たちは思わず這って離れた。

「ひええ……な、なんなんだ、おまえたちは……！」

「た、助けてくれ」

逃げ出そうとした客に、見張り番の鬼面が刀を突きつけた。それでも逃げようとしたので、鬼面はバッサリと斬った。

「うぎゃあ……！」

悲鳴を上げて倒れ込んだが、傷は手の甲を少し切られた程度であった。それでも激痛が走るから叫び廻る。それが観客の恐怖心を煽《あお》るのだ。あちこちで声が上がったが、火薬を体に巻き付けている男は、

「よし分かった！　みんな、俺と一緒に吹っ飛ぼうぜ！」

と常軌を逸したような金切り声を上げて、蠟燭を近づけたとき、

「やめろ！」

夢之助は池端を突き放した。すぐに、

「舐めた真似をしやがってッ」

と池端は夢之助を蹴倒して、槍を構えるとその喉元に穂先を向けた。

「役者ふぜいが、偉そうにするんじゃねえ。おまえらも死にたいか。死にたいなら望みどおりに殺してやるぞ」

池端も興奮気味になって今にも、夢之助を突き殺しそうだったが、まさに役者のように舞台を見廻して、

「おまえらには何の恨みもねえ。だが、その命を握っているのは俺じゃない。老中の水野忠邦だ。恨むなら、老中を恨め」

と朗々とした声を発した。

一瞬、水を打ったように静かになった。誰も微動だにせず、じっと舞台の上の池端だけを注視している。

「よいか。あと一刻だけ猶予をやる。それまでに遠山が水野を連れてこなければ、そ

いつの蠟燭で小屋は木っ端微塵《こっぱみじん》だ」

池端はまるで一揆の首謀者のように、鮮やかな弁舌を披露した。

「俺たちは、お上《かみ》のせいで悲惨な暮らしを強いられた。おまえたちだって同じだろうが、ええ！　一升二分《ひとますにぶ》もする歌舞伎なんざ観たことがあるまい。月の稼ぎの半分もするんだからな。だが、この芝居小屋ならたったの二十文。

蕎麦《そば》を食うくらいの金で観られる。そんな楽しみしかねえ町人の命なんざ、お上はどうでもいいってこった」

滔々《とうとう》と話せば話すほど、池端は昂ぶってきて、少しの刺激で何をするか分からないほど、危ない形相になってきていた。

客たちはさらに恐怖のどん底に突き落とされたのである。

一刻とは、一芝居する長さである。面白おかしい舞台を見ていれば、あっという間に過ぎるが、まったく身動きができない恐怖の中で、じっと待つのは長い。永遠に時が止まってしまったかのような錯覚にさえ陥る。

その間に、客たちは、目の前の池端や鬼面たちへの恐れや腹立ちはあるものの、なかなかやってこない水野に対しても苛立《いらだ》ちを感じてきた。刻々と時が過ぎるほどに、

「俺たちは見捨てられるのか……」「どうして来てくれないんだよ」「助けてくれないのか」「どうせ相手にされないんだ」

などと呟き、怒りの矛先がお上の方に向かった。

その重苦しい雰囲気を破るように、

「――すみません……私、お小水《しょうすい》が……厠《かわや》に参りたいのですが……」

と体を微妙に震わせながら、津耶が言った。

だが、池端は舞台の酒樽のような腰掛けにデンと座ったまま、返事もしなかった。

「お願いです……用を済ませたら、必ず戻ってきますので……」

哀願するように言ったが、池端も鬼面たちも無視を決め込んでいた。すると、吉右衛門が腰を上げて、

「他にも用を足したい者がおりましょう。特に女人《にょにん》には辛いことです。人質に取るならば、それくらいの配慮はして下さっても……」

「黙れ、爺イ。先ほどから、おまえは妙に怪しい……鈍いのか肝が据わってるのか」

「お願いでございます。この人も……」

と隣の遊び人の背中をさすって、

「止血はしたものの、放っておくと傷口が膿んで取り返しのつかないことになります。早く傷口を洗って消毒せねばなりません」

「…………」

「せめて、怪我人や女たちは解き放って下さらないでしょうか」

「うるさいと言うてるのだ」

池端はドンと槍の石突《いしつき》で、床を突いた。

「でも、代官所手代様……先ほど、ちらりと聞いていた感じでは、死罪を覚悟してまで直訴に及ぶとのことでしたが、つまりは何か義憤に駆られることがあって、立ち上がったということですよね」

「口の減らぬ爺イだな……」

「代官所手代のあなたが直訴に及ぶということは、上役の代官か、あるいはその上の勘定奉行に何か不正でもあるから、かような事を起こしたのではありませぬか」

「おい……」

ピクリと頬を引き攣《つ》らせて、池端は立ち上がった。どうやら図星のようだった。吉右衛門はその表情を見て取るや、

「もしかして、領民に対して苛斂誅求《かれんちゅうきゅう》を行っているのではありませぬか。さようなことは、おたくの村に限らず、阿漕《あこぎ》な代官はお上の目が届かないのをいいことに、よくやっていることです」

「………」

「それを正そうという正義感があるのでしたら、ここにいる江戸町人とて、あなたの村人たちと同じ無辜《むこ》の民でございます」

「それ以上言うな……」

「あなたとは何の関わりもない人々でございますよ。その人々の命を楯に取るのは、悪徳代官が村人たちを虐《いじ》めることと同じではありませぬか。ねえ、池端様」

「うるさいッ」

あくまでも池端は自分を曲げぬ態度であったが、津耶は本当に情けない声になって、緊張に水を差すように言った。

「――お、お願い……もう、洩れちゃいます……ああ……」

悲しい目で訴える津耶と、池端はもろに目が合った。

「お願いでございます。これ以上、女への辱めは、どうかお許し下さい」

さらに嘆願する津耶をじっと睨んでいた池端は、ふうっと気合いを緩めるような息を吐き、

「やむを得ぬ……女はみな出ていってよい」

と言った。

「ほ、本当でございますか……」

「構わぬ。気が変わらぬうちに出ていけ。だが、妙な真似をすると、一緒に来ている亭主や親兄弟が死ぬことになるぞ。いいな」

「は、はい……ありがとう存じます」

津耶が股間を縮めるような格好で立ち上がると、芝居小屋の客の半分を占める色々な年の女たちがそそくさと木戸口から吐き出されるように出ていった。

最後に、津耶も出ていこうとして、吉右衛門を振り返って、

「ごめんあそばせ……お先に失礼仕《つかまつ》ります」

と一礼して木戸口に向かった。

丁度、発破用火薬を巻いている鬼面の前を通りかかったときである。津耶はいきなり、蠟燭の炎をプッと吹き消して、鬼面をずらして見えないようにし、さらに腕をねじ上げて、その場に組み伏した。

――あっ！

他の鬼面たちが津耶に向かおうとした。

すると、木戸口の所に立っていた鬼面が駆けつけてきて、津耶を表に押しやると、他の鬼面たちを次々と拳骨《げんこつ》で殴り倒し、蹴倒して、壁にぶつけたりして、数人を一瞬にして気絶させた。

面を取ると――それは和馬だった。

表の見張り役の鬼面を密かに倒して入れ替わっていたのだ。

「あっ。おまえは……！」

池端の顔が一瞬にして強張って、槍を構えたが、次の瞬間、ひらりと舞うように舞台に、吉右衛門が跳んだ。まるで宙づり芸のようにあまりに鮮やかだったので、池端自身が虚を突かれて、見上げたまま固まった。

吉右衛門が舞台に着地した時には、すでに池端は仰向けに倒れており、腹を足で踏みつけられていた。

四

「てめら、ふざけやがって！　今度は俺たちが、ぶっ殺してやる！」

いきり立ったのは、吉右衛門の隣にいた遊び人風で、背中の千手観音を見せびらかせながら壇上に駆け上がった。いや、つんのめって這い上がった。胸の痛みに耐えるように、

「死にやがれ、この！」

と怒りに任せて怒鳴りつけた。

だが、やはり胸の痛みが激しくて、その場に座り込んでしまった。

「これこれ。早く町医者で診て貰いなさい。誰か手伝ってあげてくれませぬか」

吉右衛門が客席に声をかけると、二、三人の職人風らが近づいてきて、体を支えて芝居小屋から連れ出した。遊び人風は、

「金を返しやがれ、このやろう。この治療費もたんまり貰うからな」

と悪態をつきながらも、イテテと立ち去るのだった。

他の客たちも人質から解放されて出ていくのかと思いきや、何十人かは残って、事と次第では〝私刑〟に遭わせてやろうと手ぐすね引いて待っていた。いつ殺されるか分からない恐怖心を煽られたのだ。遊び人と同様、仕返しをしたい気持ちで昂ぶっている者もいた。

その興奮を抑えるように「まあまあ」と制して、吉右衛門は舞台の板間に座り込んだ池端の前に立ち、

「ここまでするとは、かなりの訳があるのでしょう。私に話してみませんか」

「も……申し訳ありませんでした……」

池端は深々と頭を下げた。

「皆様、怖い目に遭わせて、本当に済みませんでした……」

だが、客たちは怒りが収まらないのか、

「謝《あやま》るぐらいなら、やるな！」

「てめえら、ふん縛って三尺高い所に晒されやがれ」

「芝居どおり、地獄に堕ちろ」

「同じ目に遭わせてやろうか、おら！」

などと逆転したとたん、威勢の良い怒声が飛んできた。それでも、池端は客たちの方を毅然と見廻しながら、

「はい。煮るなり焼くなり好きにして下さい。でも、その前に……いえ、もう叶わぬことですね……ここにいる人たちは、人質ではなく、証人になって貰うつもりでした」

「先ほどもそのようなことを言ったが、どういうことだね」

吉右衛門が穏やかな声で問い質すと、

「——この五年……俺たちはずっと我慢してきました」

と池端は観客に役者が独白するように語りかけた。

「私の住む真壁郡滝川《たきかわ》村には、銀山があります。天領ではありますが、代官の清水隆

之介は、御公儀に隠して、村の男衆を無理矢理引っ張ってきて掘らせております」

「隠し銀山……ってことですな」

「そうです。清水が、産出した銀を何処でどう処分しているのか、私は知りません。おそらく山師の繋がりで、金に替えてくれる所があるのでしょう。ですから、代官はあんな田舎なのに蓄財に励み、村人たちにもそれなりに還元してます」

「金をばらまいているということかね」

「米もさほど収穫できないし、此度のような不作のときには、村人にとっても有り難いことです。ですから、代官には感謝こそすれ、あまり逆らう者はおりません。ですが……」

池端は背筋を伸ばして言った。

「俺たちが困っているのは、掘り出された銀鉱を精錬する際に流れ出る鉱毒のことだ。滝川村というくらい、山の水は綺麗で澄んでいる。飲み水はもちろん、田畑の用水のために昔から使われてきた」

「ふむ……」

「その清流に、岩魚《いわな》や山女魚《やまめ》が棲《す》めなくなってしまったんだ。もちろん、飲み水も隣村から運んでくるハメになった。そんな状況を改善してくれと代官に頼んでも、自然に元に戻ると相手にされなかった」

「…………」

「だけど、村人の中には水を飲んで、重い病《やまい》になる者も増えた。それでも善処しねえ。清水は隠し掘りがバレて、ご公儀に罰せられるのが怖くて、ひたすら隠し続けた」

「それは酷いことですな」

吉右衛門が他人事《ひとごと》とは思えぬ同情の目になると、残っていた観客たちもそれぞれが興味深げに聞いていた。

和馬も苦々《にがにが》しい顔で、憤懣やるかたない溜息を洩らしてから、池端に訊いた。

「それで、どうしたのだ」

「私は庄屋ら村方三役と一緒に、代官の上役である勘定奉行・猪股主計頭様に訴え出ました。それはもう二年も前のことです」

「猪股主計頭……俺もよく知ってる」

和馬が答えると、池端はさもありなんとばかりに答えた。

「はい。私たちがお訪ねした折、あなた様もおいでになりました」

「俺が……？」

覚えてないと和馬は首を振ったが、池端はあなたに間違いないと伝えた。すると、

和馬は記憶を手繰《たぐ》り寄せるように、

「――二年前といえば、猪股様が勘定奉行になったばかりだな。猪股様は千石ほどの小普請組支配だったが、三千石以上の寄合旗本に組み込まれ、とんとん拍子に勘定奉行になった。ま、それは水野忠邦様のお引き立てがあってのことだが……ああ、そうか……」

と手を叩いた。

「勘定奉行に正式に就任した宴《うたげ》に、俺も呼ばれておった。その宴が終わり、集まっていた者たちが帰った頃、田舎くさい侍と百姓が二、三人、いきなり訪ねてきたことがあるが、あれはおまえたちだったのか」

問いかける和馬に、池端はそうだと頷いて、

「その折、高山様……あなたは下っ端で何やら雑用をしていて、私たちを玄関先まで案内して下さいました。その折、あなたはご丁寧にも私たちに名乗ったので、覚えていたのです」

「なんと……あ、だから、さっき俺は名指しで使いに出されたのか」

「まさか、こんなドサ芝居を観に来ているとは思いませんでしたけれどね。これ幸いと……ですが、まさか連れてきたのが、遠山様だったとはね……」

「それは違う。遠山様は直ちに閣議に諮《はか》ったのだが、水野様には無下《むげ》に断られたそうな。ここの小屋掛けを許したのは町奉行だから、自分で始末しろとな」

「えっ。そうだったのですか……!?」

池端は驚きを隠せなかったが、聞いていた観客たちも不満げな声を洩らした。

「水野様がそうなら、引き立てられたという清水が相手にしてくれるわけがないか……」

と池端は諦めたような吐息で、

「私たちはこの二年の間、ずっと猪股様に会いに来たり、訴状を渡したりして、隠し銀山に毒された村の悲惨な暮らしや代官・清水の悪行を伝えてきました。ですが……改善されるどころか、『御上が調べた結果、川は汚れていない』との報せが届きました」

「隠し銀山のことは……」

和馬が訊き返すと、池端はぐっと拳《こぶし》を握りしめて、

「さようなものもないと判断され、代官の清水は職を解かれもせず、そのまま滝川村を含む周辺の村々を支配し続けました」

「…………」

「きっと勘定奉行の猪股様もグルに違いない……俺たちはそう思いました」

「もし、ふたりが組んでいるとすると、猪股様が勘定奉行になった頃と突き合わせれば……それ以前から、繫がっていたことになるな。隠し銀山のことも承知の上で、猪股様は清水から金を貰って、それを元手に奉行職を手に入れた……のかもしれぬな」

推察する和馬に、吉右衛門は「それしかありませんね」と同意した。

池端は悶絶するように顔を振りながら、

「生まれ育った村だけれど、毒にやられて死ぬのは嫌だと逃げ出す者も増えました。その前に病に臥《ふ》している者もけっこういる……この芝居小屋立てこもりに加担したのは皆、既に身寄りがなくなったか、鉱毒で病の者か、老い先短い者たちばかりだ」

すでに鬼面はすべて剝がされているが、その風貌は凶悪な輩ではなく、どこにでもいるような者たちばかりだ。

「銀山のお陰で代官は潤ったかもしれないが、村人には悲惨な暮らししかねえ。だから、俺たちはもう……」

我慢の限界だと、江戸町人を人質に取って、勘定奉行よりも偉い、老中首座の水野忠邦に直談判するしかないと思って、行動に移したのだ。その前に水野にも文を届けようとしたが、到底、叶わなかった。もちろん、猪股や清水の悪行の証拠もある。

そんな話を池端がしていると、町医者に行ったはずの〝千手観音〟の男が、いつの間にか舞い戻ってきていた。

「俺の村も同じような目に遭った……代官てなあ、江戸から離れてるから、好き勝手のし放題だ……ちくしょう。水野が来ないお陰で、こんな目に遭っちまったじゃねえか」

と悔し涙で訴えた。

観客たちの興奮は何となく収まり、ほんのわずかではあるが、池端とその仲間たちとは妙な連帯感のようなものが芽生えた。

いや——ひとりだけ、冷ややかに見守っている裕福そうな商人がいた。線の細い目立たない顔だちだが、吉右衛門はその視線を感じて、チラリと見やりながら、

「おまえたちが、ここまでせざるを得なかった気持ち、よく分かりました。死ぬ覚悟だということもね……滝川村のその川は、下流の常陸の町や村にも流れるし、地下水も汚れていることでしょう」

「ああ、そのとおりだ」

「このままでは、もっと大勢の人々が犠牲になって、苦しむことになりますな……何より、頬被《ほおかむ》りをしたまんまの勘定奉行や代官は、許し難いですな」

吉右衛門はまるで正義の使者でもあるかのように、舞台から客席に向かって、

「かくなる上は、この爺めが何とか致しましょう。ですが、芝居のお客様たちをこれ以上、危ない目に遭わせるわけには参りませぬ。ですから、どうか、ここで今、池端さんが話したことは、内密に願いたい」

「えっ……そりゃ、どういうことだい」

千手観音が訊くと、吉右衛門はニッコリと笑って、

「ここを何処だと思っているのです。誰もが憧れる『地獄一座』でございますよ。役者揃いでございます。ちょいと一芝居打って、水野様を騙《だま》し討ちにしようじゃありませんか」

「騙し討ち……ますます分かんねえが、何をする気だい」

「勘定奉行と代官の罪は三つありますな。鉱毒を流していたこと、それを隠していたこと。そのために多くの村人が苦しんでいるということ。つまり、直ちに銀山からの廃液を止めて、病人に対しては補償させる」

「どうやってだい」

「さて、それは『地獄一座』の座長・立花夢之助さんが、罪なき者たちを苦しめる闇魔王庁を攻め落とす筋立てを、考えてくれるんじゃありませんか。ねえ」

吉右衛門が舞台袖にいた夢之助に振ると、他の座員たちもなんだか妙に楽しそうに「そうしやしょう、座長。閻魔をギャフンと言わせてやりやしょう」と意気込むのであった。

五

その夜は——まるで春のように霞がかかった朧月《おぼろづき》だった。

小石川《こいしかわ》の水戸《みと》藩の上屋敷には、水野忠邦と遠山左衛門尉の姿があった。枯れ山水の庭の一角の茶室でのことである。

風が冷たいので障子戸は閉めきったままである。微《かす》かに月明かりが差し込んでいるものの薄暗いので、箱行灯《はこあんどん》が部屋の片隅にあった。利休《りきゅう》好みの狭い茶室ゆえ、窮屈そうである。炉に置かれた釜の湯だけが、静かにぶくぶくと音を立てていた。

相手が御三家《ごさんけ》とはいえ、四半刻も待たされている水野は少々、苛ついていた。

「遠山……これは一体、どういうことだ」

「私にも分かりませぬ。ですが、水戸様が急ぎ聞きたいことがある。大事な話ゆえ、水野様もご同行して欲しいとのことで……申し訳ございませぬ」

「しかし、なんだ……」

「恐らく、芝居小屋の一件かもしれませぬ。私が下手《へた》を踏みましたので、お叱りを受けるものと存じます」

「それにしても、何故、水戸様が……」

「珍しいことではありますまい。御三家が幕政に口出しせぬのは、これ建前《たてまえ》。これまでも、上様に成り代わって、幕閣や奉行を詰問することは時にあったことでございます。それゆえ、水戸家は副将軍ともいわれております」

「……それにしても、遅いではないか」

不満そうに水野が扇子《せんす》で膝を軽く叩くと、遠山は静かだがハッキリと言った。

「これくらい我慢して下され。芝居小屋の人質たちは、いつ殺されるかもしれぬ恐怖の中で、何刻も待たされたのですからな……しかも、助けに来てくれなかった」

「…………」

「もし、客席にあの御仁《ごじん》……吉右衛門様がいなければ、もっと犠牲者が出ていたかもしれませぬ。高山和馬の機転も褒めてしかるべきだと存じます」

「――おぬしはよく肩入れしておるが、吉右衛門様が本当は何者か、知っておるのか」

「いいえ……」

「だったら、つまらぬ関わりなど持たぬ方が、身のためだぞ」

「それは、どういう意味でございましょうや」

「危ない人物だ」

「ご隠居が人のために尽力するのは、生半《なまなか》ではないと、常々思うておりますが」

「ふん……」

　ぼそぼそと話していると、「失礼仕る」と声があって、躙《にじ》り口から、頭を下げ腰を屈《かが》めて入ってきたのは、まだ三十前の白い羽織の侍であった。いかにも礼儀正しく、融通が効かなさそうな風貌だった。

　立花夢之助が扮しているのである。

「——お初にお目にかかります。水戸藩江戸留守居役の安藤辰之進《あんどうたつのしん》という若輩者でございます。水野様にはいつもご配慮戴きありがとうございます」

「安藤殿……では、前の留守居役殿は……」

「国元に帰りまして、私が交替で参りました。以後、お見知りおきのほど」

「で、急に何用でございますかな」

「はい。その前に、ひとつ点前《てまえ》を……」

夢之助は湯気が沸き立っている釜の前に座り、おもむろに永楽《えいらく》作の茶碗や茶筅《ちゃせん》、柄《ひ》杓《しゃく》、茶入《ちゃいれ》などを取り出して並べて、作法どおり手際よく薄茶を点《た》てた。

丁寧に差し出されると上座の水野から手に取り、やはり作法どおり、そつなく飲み干して、点前と茶碗を褒めてから返した。

「美味《おい》しゅうございますか」

「ええ。さすがは水戸仕込みですな」

「ありがとうございます。水戸は古内《ふるうち》という所で作られる茶葉で、徳川光圀《とくがわみつくに》公も絶賛されていたものです」

「なるほど……」

「そして、水も真壁は滝川村の名水でございます」

「えっ……！」

水野は思わず胸に手を当てて、ゴホゴホと咳き込んだ。

「如何なされました、大丈夫でございまするか」

「あ、いや……何でもない……」

「真壁は、笠間《かさま》を挟んで水戸からはそう離れておりませぬ。その山間にある水は柔らかく、古内の茶と相性がよいので、家光《いえみつ》公の頃から、大きな壺に入れて運ばせております。ちょっとした贅沢でございます」

「………」

「ご存知かどうか、真壁の城下町は戦国の世に、真壁氏が作りましたが、その後は浅《あさ》野《の》家が引き継ぎました。木綿《もめん》の産地として知られておりますから、水戸はもとより、江戸にも搬入されておりますよね」

「あ、ああ……」

「棉花作りには水は少なくてもよいといいますが、実は綿布作りには、大量の水が必要です。この茶用の袱紗《ふくさ》一枚に、三百斗以上かかりますから、滝川の水は大変、役に立っているのです……もう一杯、如何でしょう」

「いや、結構……」

水野は衿《えり》の辺りを気にしながら、

「それよりも、夜も更けたことであるし、ご用件を承《うけたまわ》りたいのですがな」

「あ、そうでした。申し訳ございませぬ」

改まって夢之助は手を突くと、

「この度は、水野様に大変なご迷惑をおかけしました。遠山様のお話によりますと、両国橋の小屋掛け芝居で騒動を起こしたのは、滝川村の農民だったそうです」

「そのようですな……」

「真壁は天領ですが、今も申したとおり水戸家との縁が深いので、改めてお詫び申し上げたいと思いました」

「いや、それは……畏れ入ります」

水野は飲んだ茶のことが気になっているようで、苦々しい顔になった。

「──如何《いかが》なさいました。私の点前の茶が、何か……」

「…………」

「大丈夫でございますよ。滝川の水には違いないですが、銀山よりも上流の水源の水ですから、鉱毒は入っておりません」

「えっ……！」

水野は明らかに狼狽《ろうばい》したが、わずかに安堵したような顔になった。それに畳みかけるように夢之助が言った。

「水が汚れたのは鉱毒によるものですが、そもそも公儀に秘密のまま金山や銀山などを掘るのはこれ、御法度でございますよね」

「さよう……」

「ですが、どうも勘定奉行の猪股様と清水という代官が結託して、密かに村人たちを酷使して掘っていること、水戸藩でも確認しております。たまさか、その村の者たちが、代官を締め上げるために決起しましたが……遠山様の機転で、捕らえることができました」

「……………」

「しかし、その者たちを責め立てれば、立てこもりを企てた理由が、表沙汰になってしまいます。さすれば、御公儀はもとより、我が水戸家も少々、バツが悪いのです」

夢之助は芝居がかった鋭い目を水野に向けて、

「そこで相談なのですが、魚心あれば水心……真壁の隠し銀山からの上がりを幾ばくか、この江戸藩邸にも分けて貰えないでしょうか。年に五千……いや三千両ほどで結構でございます。さすれば大変、助かります」

「いや、それは……」

水野は困惑し、額に汗が滲んできたが、夢之助は一方的に言った。

「こちらは、ここまで恥を忍んで申し上げたのです。叶わぬのなら、藩主にお伝えし、上様に事の子細を申し上げるしかありませぬ……これだけのこと、勘定奉行や代官だけで、できることではありますまい」

「……………」

「まずは三千両……あなた様の御用商人、太物問屋《ふとものどいや》『武蔵屋《むさしや》』に持たせて下され」

「『武蔵屋』利兵衛《りへえ》か……」

「はい。真壁の木綿も沢山、扱って貰っておりますので、私とも顔見知りです。何卒《なにとぞ》、宜しくご配慮下さいませ」

夢之助は見得を切るように睨んでから、両手をついて平伏した。水野は戸惑って唇を歪めたものの、どうしたものかと助け船を出してくれとばかりに遠山を見た。だが、遠山は我関《われかん》せずとばかりに、

「日光東照宮《にっこうとうしょうぐう》にあるように、『見ざる聞かざる言わざる』に徹しますので、ご安心下さいませ。水野様の思うがままに」

と呟いた。

「うぬ……さても、さても……神君家康《いえやす》公までおでましになったか……」

水野は瞑目するように目を閉じながら、静かに頷いた。

六

大伝馬町《おおてんまちょう》には太物問屋がずらりと並んでいる。その一角に『武蔵屋』はあった。特

に間口が広いわけではないが、水野家御用達《ごようたし》だけあって、客足が絶えないほど繁盛していた。

そこに、二、三人の従者を引き連れて暖簾《のれん》を潜《くぐ》ってきたのは、夢之助だった。もちろん、水戸家の留守居役に扮している。

「御免――」

夢之助が声をかけると、帳場に座っていた番頭が用件を聞きに立ち上がった。夢之助がすぐに耳打ちすると、番頭は慌てて奥に行き、直ちに主人の利兵衛が出てきた。そして、膝をついて座ると、丁寧に頭を下げて、

「水野様からお聞きし、承知しております。お屋敷の方にお届けしようと思っていたところでございます」

「さようか。痺れを切らして、こちらから受け取りに来た」

「はい。もう大八車に載せて、裏庭に置いてありますので、直ちに直ちに……」

「ならば、ここで受け取っていく。もうわざわざ小石川まで来ることもない」

「え、ですが、それでは……」

「構わぬ。そのために、手の者も連れてきた。よいな」

断固、自分で持ち帰ると言う夢之助を、やや訝しく思って、

「そうでございますか……」

と顔を見上げて、さらに首を傾げた。

——おや……。

という顔で、しげしげと見ていた利兵衛の目がキラリと光った。

「なんだ……それがしの顔に何かついておるか」

「あ、いえ……ご無礼を致しました。そういうことでしたら、すぐにご用意いたします」

夢之助たちが裏手に廻ると、たしかに勝手口の外の路地に、大八車が停まっている。店の手代たちが千両箱に、錦織の布をかけているところであった。

「ちょっと、よいかな」

千両箱の中身を、夢之助は確かめた。たしかに小判がぎっしりと詰め込められている。約束は守ったようだなと確認した夢之助は、手下のふたりに、「それ」と大八車を曳かせていった。

見送りに出てきた利兵衛に、夢之助は近づいて、

「たしかに受け取ったと水野様にお伝えしてくれ。深く感謝するとな。そして、これからも宜しく重ねてお願いします、ともな」

と囁いてから踵を返し、大八車を追った。

「——どうぞ、お気を付けて……」

利兵衛はそう声をかけたが、目は鋭くぎらついていた。その様子を傍らから見ていた番頭は心配そうに訊いた。

「旦那様……何か不審な点でも」

「大ありだ。奴は、水戸藩の留守居役なんかではない。ただの旅芸人だ。『地獄一座』の座長、立花夢之助……」

「ええ?!」

「私は見ていたのだ、立てこもりのあったあの芝居小屋でな」

最後まで残っていた観客の中にいた、裕福そうな商人が『武蔵屋』利兵衛だったのだ。遠ざかる大八車を見送る利兵衛の顔に、わずかに苦笑が浮かんで、

「さすがは、水野様……事前に滝川村の連中の動きを摑んでいたのでしょう。私は水野様に命じられて、あの芝居小屋に客として入れと命じられていたのですよ」

と番頭に言った。

「なるほど。そういうことか……すぐに水野様のお屋敷に行く。おまえは、あの者たちが何処へ行くか尾《つ》けてくれ」

「え……どういうことでございましょう」

「子細は後で話す。頼みましたぞ」

利兵衛は手代たちに「今日は店仕舞いにしなさい」と命じてから、大八車とは反対方向に、急ぎ向かうのであった。


山下御門《やましたごもん》内の水野邸にて、利兵衛は今か今かと、忠邦が下城してくるのを待っていた。

やはり人を待つときほど、長く感じることはない。この間にも、夢之助に持たせた三千両が何処かに消えて仕舞うのではないかと、心配でならなかったのだ。

「――なんだと。安藤は偽物……⁉」

子細を訊いた水野は驚いたものの、さもありなんと目を細めた。

「どうも妙だとは思っていたのだ……遠山も一枚嚙んでいるのやもしれぬな」

「はい。今し方、店から使いの者が来まして、三千両はあの芝居小屋に運び込まれたと……そこから他に移されるかどうか不安なので、見張りをつけております」

「さすがは利兵衛、ぬかりはないな」

「しかし、どう致しますか……このままでは三千両を持ち逃げされます。かといって、あの者たちを捕らえれば、隠し銀山のことは表沙汰になり、水野様がすべて承知だったということも、公《おおやけ》になるかもしれませぬ」

「その前に始末せねばな……」

唸った水野は腕組みをして考え込んだ。

「幸いにも、滝川村の連中が芝居小屋を乗っ取ったのは、大勢の者が見ている。遠山が一度は追い返されたこともな。そして……事実、怪我を負わせている」

「では、どのように……」

「そうだな……ここは遠山に任せるか」

「えっ。ですが、遠山様は役者たちの味方かもしれぬのでしょ」

「だからこそだ」

水野は嫌らしい目つきになって、

「奴に夢之助と村の連中の捕縛を命じる。さて、どう出るかが見物だな」

「しかし、遠山様がそのまま逃がしたら元も子もありません」

「その場合は、勘定奉行の猪股に命じて、追手をかければよい」

「それでも、もし相手を一網打尽《いちもうだじん》にして評定所に引きずり出されたら、水野様の御身《おんみ》の方が……」

「代官清水のせいにしておけばよい。表沙汰になりそうになれば、即刻切腹をこの儂が命じるまでだ」

もはや止めようもないほど悪辣《あくらつ》な顔に変貌していく水野を、利兵衛は恐々と見守っているしかなかった。

翌日――。

芝居小屋は畳まれ、夢之助たち旅芸人一座は姿を消していた。池端と村人たちもともに、江戸を立ち去っていた。

その報せを聞いた水野は、すぐさま猪股を呼び寄せて、芸人と村人を悉《ことごと》く捕縛するように命じた。江戸から出れば、関八州支配の勘定奉行に責任があるからである。騒動を起こした村人は治安を乱した罪で、芸人一座は水戸藩江戸留守居役を騙って、『武蔵屋』から大金を騙し取った咎《とが》である。

『地獄一座』の面々と池端たち滝川村の者たちは千住宿《せんじゆしゆく》を抜け、草加《そうか》に向かう日光街道沿いの茶店で、ほっと一息ついていた。

旅立つのを後押ししてくれるような、心地よい陽射しであった。

夢之助は、錦繍に包んだ千両箱をすべて別の大八車に載せ、池端に渡して「頑張って下さい」と励ました。

「この金は当面のものだ。鉱毒のせいで病になった村人たちの治療や、銀山を閉じて精錬も止めて、元の綺麗な川にするよう尽力したらいい。いずれ俺たちも、あんたたちの村に芝居を打ちに行くよ」

素直な夢之助の思いに、池端と村人は噎《むせ》び泣いた。

「すまぬな……俺たちが、あんな騒ぎを起こして、芝居の邪魔をしたのに……こんなことまで、やってくれるとは……」

「なに、諸国遍歴している旅芸人てなあ、あちこちで色んな目に遭う。どうってことないよ。それより、あんたたちの闘いはこれからだと思うがな。頑張れよ」

宇都宮まで同じ道だが、そこからは奥州《おうしゅう》街道と日光街道に分かれる。

「俺たちは風の向くまま気の向くまま、ゆっくりと奥州街道を北へ向かうが、あんたたちは一刻も早く村に帰って、まずは代官を吊し上げたらいい」

「ああ。そうするよ」

池端が礼を言って先を急ごうとすると、足音と地煙を立てて、宿場役人が二十人余りの数で駆けつけてきた。いずれも六尺棒を抱えており、中には刺股《さすまた》や突棒《つくぼう》を手にしている者もいて、いかにも仰々しい。

「!?――やばい。早く逃げた方がいいぞ。ここは俺たちが阻止する」

夢之助は、池端に言って、千両箱を載せた方の大八車を押しやった。

「すまぬッ」

頭を下げた池端と村人たちは一目散に、街道を逃げ始めた。

そこに追いかけてきた宿場役人たちを、夢之助は両手を広げて止めて、

「『地獄一座』の立花夢之助でございます。すべては、この私めが悪うございます。ささ、刃向かいは致しませぬ。どうぞ、縛るのならば縛って下され」

と居直ったように訴えた。

だが、宿場役人の頭領格は「どけい」と夢之助を足蹴にして、池端たちを追いかけようとした。あくまでも暴動の首謀者として、池端を捕縛し、三千両を取り返す気構えだった。それを察した夢之助は逆に役人たちに足掛けをし、「それ！」と引き倒した。

「刃向かうなら、おまえたちも同罪だ！」

頭領格は声を荒げて抜刀し、夢之助に斬りかかってきた。その腕をかいくぐって、夢之助は宿場役人たちを叩きのめし、街道脇の水路や田に突き落とした。

「貴様ら！」

さらに宿場役人たちが斬りかかろうとすると、もっと沢山の軍勢が街道を疾走して

くるのが見えた。先頭の騎馬には、陣笠陣羽織の武士がいる。

「座長……やばいよ、あれは！」

申吉が尻込みすると、旅芸人たちは荷物を放り出して、バラバラに逃げ出した。

そこへ陣笠陣羽織があっという間に近づいてきて、立ちはだかる夢之助に鞭《むち》を打ちつけた。まともに受けて、道端に吹っ飛んだ夢之助をさらに馬の足で踏みつけ、

「この賊ども！　成敗してやる！」

と怒鳴りつけたのは、勘定奉行の猪股主計頭であった。自らが陣頭指揮を執り、武具を揃えた家臣たちを引き連れ、追いかけてきたのである。

「邪魔立てするな、下郎《げろう》！」

猪股は勘定奉行らしからぬ激怒で、旅芸人たちを蹴散らし、家臣たちに捕らえさせた。逆らう者は斬ってもよいと命じた。さすが元は小普請旗本である。これは無役の〝代名詞〟でもあったが、上様が何かあれば「いざ鎌倉」と馳せ参じる武芸者揃いでもあったからであろう。

「池端を追え！　あいつらを村に帰してはならぬ。引っ捕らえて、処刑だ！」

「ハハッ！」

家臣たちは先を急ぐ池端一行を、猛然と追いかけ始めた。それを鼓舞するように、

猪股は声の限りに叫んだ。

「余計なことを喋《しゃべ》る奴は消せ！　遠慮なく成敗しろ！」

猪股の命令に、茶店に逃げ込む芸人たちにも、容赦なく躍りかかった。

すると、芸人を追い込んだはずの家臣が、「うあッ」と悲鳴を上げながら、表通りに転がり出てきた。腕を捩《ね》じり上げられた上に、柔術で投げ飛ばされた。

芸人たちを庇いながら茶店の奥から押し出てきたのは――和馬だった。

その顔を馬上から見た猪股は、

「おまえは、高山……何故、かような所にいるのだ」

「あいつらを村に帰してはならぬ。余計なことを喋る奴は消せ……聞きましたぞ、猪股様……やはり、あなたは腐ってましたな」

「なんだとッ」

「滝川村の村人が鉱毒で死のうが、お構いなし。そんなに出世や金が欲しいですか」

「おぬしに何が分かる」

「鉱毒を放置していたどころか、池端たちから届けられた訴状まで揉み消していたとは、呆れてものが言えぬ」

「黙れ。関八州の村々が不作の折でも潤ったのは、身共《みども》の財政策があったればこそだ。

銀山開発もそのひとつ。たかが百人ほどの村がなんだというのだ」

「開発なら隠すことはないでしょ」

「黙れ、黙れ」

「あなたには道理を説いても分からないでしょうな」

「控えろ。無役旗本の分際で、この俺に意見するというのか、高山ッ」

「意見などしません。斬るだけです」

「な……なんだと！」

馬上の猪股がさらに怒りの目つきになって、罵声を浴びせようとしたが、和馬は手綱をいきなり摑んで引いた。馬が前のめりになって、猪股が転がり落ちた。

「おのれ……！」

立ち上がろうとした猪股の眼前に、和馬の刀が伸びてきた。

「村人や代官を口封じするように、あなたをも口封じせよと、水野様からの命令だ」

「なに……で、出鱈目《でたらめ》を言うな」

「これ以上、騒ぎになれば、老中首座とてその地位が危うい。隠し銀山から金を得ていたなどと口が裂けても言えまい」

「……………」

「まだ気付かないのか、猪股さん……水野様があなたに池端らを追わせたのは、あなた自身を口封じするためだ」

「馬鹿を言うな。水野様がさようなことをするわけがない。水野様には散々……」

「散々、何かな」

「――なんでもない」

「そうやって、喋られるのが嫌なのですよ。まんまと、芝居に騙されましたな」

「えっ……」

怪訝に顔を上げる猪股に、切っ先を突きつけて、和馬は言った。

「水戸様のお屋敷から、ここまでずっと、夢之助の筋書きどおりってわけだよ」

「な、なんだ……？」

「行くも地獄、戻るも地獄……あなたも利用されていたということですから、『地獄一座』のように、一番悪い閻魔を退治したいとは思わないですか、猪股様」

「…………」

「私はあなたのことを尊敬しておりました。小普請組支配であられた折には、我々には我々に与えられた使命がある。それは……」

「それは……」

「覚えてませんか。あなたが言った言葉ですよ……お偉方には見えぬ、世の中の小さき者弱き者を助けるのが、小普請組だ。普請とは、誰もが忘れた人々のために〝腐心〟することだとね」

「………」

「しかし本音では、出世するために、たかだか百人の村の暮らしなど、村人の命など、どうでもよかったのですね」

和馬はそう言いながら、まるで首斬り役人のように刀を振り上げた。

「や、やめろ！　俺が悪いんじゃない！　や、やめてくれえ！」

武芸者とは思えぬほどの情けない声を上げて、頭を抱えて平伏した。その姿を見ていた家臣たちも、闘志が失せたのか、呆然と眺めているだけであった。

何処からか一陣の風が吹いてきて、砂塵を巻き上げながら渦巻き、茶店一帯が霧のように包まれていった。

七

暗闇の中で、水野忠邦は飢えた物乞いのように悶えていた。

「――水……水をくれ……水だ……」

屋敷内なのか、遠い所なのか、よく分からないが、子供の手鞠唄《てまり》と一緒にポンポンという音が聞こえてくる。しばらく呻《うめ》いていた水野だが、ハッと目が覚めて起き上がった。

だが、夢の続きのように、ポンポンと手鞠をしている音が聞こえる。しかも、すぐ近くの廊下からしている。

月明かりもなく、障子の外も真っ暗である。

「だ……誰だ……」

水野は声をかけたが、返事はなく、ただ手鞠をつく音だけが響いていた。

「誰かおらん」

声をかけたが、家来たちは誰ひとり現れることはなかった。だが、手鞠の音だけは続いている。まだ夢を見ているのかと、水野は錯覚したほどだった。

布団から這い出て、床の間の刀を手にした水野はゆっくりと立ち上がり、思い切って障子を開けた。

廊下には、ぽつんと人影があって、鞠をついている。

「――何奴だ……何をしておる」

鞠をつくのをやめて、手に抱えて近づいてきたのは、吉右衛門であった。

「あっ……ああ……」

情けない声で、水野は刀を膝の横に置き、畳の上に座った。

「井上家や秋元家の一件……先頃は、老中松平出羽守《でわのかみ》家の騒動もありましたな……その都度、私はあなたとこうして対面してきましたが、性懲《しょうこ》りもなく、つまらぬ罪を重ねておりますな」

「いえ、それは……」

「私は『地獄一座』の芝居が好きですがね……あなたは芝居なんぞは観ないでしょうが、仏様の一団が閻魔大王をやっつける物語です……馬鹿馬鹿しい話ですが、為政者という者は、下々の気持ちを知るために芝居を観ることも大切だと思いますよ」

「…………」

「なぜならば、人は理屈では心は動きません。芝居や戯作《げさく》によって喜怒哀楽を感じます。人の上に立つ者は、庶民よりも尚一層、その感性がなければ、政事《まつりごと》などできますまい」

「さよう私も心得ております……ですので、歌舞伎なども時々……」

「観に行っても寝てるだけではありませぬか。心から楽しんではいない」

「いえ、そのようなことは……」

言い訳じみて、水野は頭を下げているだけであった。

「もうそろそろ、年貢の納め時ですな」

「……………」

「勘定奉行の猪股主計頭は、潔《いさぎよ》く自宅にて切腹致しました。代官が銀鉱の隠し掘りをしているという訴状を、密かに揉み消した——というのが理由です」

吉右衛門は懐から、猪股の遺書だと言って、水野の前に置いた。

「つまり、隠し銀山のことは何も知らなかった。むろん水野様は当然、何も知らぬこと……として、代官ひとりに責任を押しつけたのです。それでも、引き上げてくれた貴殿を助けるために、猪股は訴状を揉み消した罪だけは認めて、潔く散ったのです」

「そ、そうなのですか……」

「代官の清水は、池端が先導した村人たちに追い詰められて、やはり自刃しました。そして、池端自身も騒動を起こした咎を背負って、切腹して果てました」

「——えっ……」

水野は言葉を詰まらせて顔を上げた。そこには、鞠を手にした吉右衛門が立っていて、じっと見下ろしている。険しい顔ではない。むしろ、阿弥陀如来のような穏やかな表情を湛《たた》えていた。

「代官手代という、武士とはいえぬ者ですら、己が命を懸《か》けて正義を貫いたのです。見事とは思いませぬか」

「は、はい……吉右衛門様は、私に切腹せよと、おっしゃるのですか……」

「腹を切るかどうかは自分が決めること。私は何も言わぬし、命じる立場でもない」

「……」

「幕政を預かる、この国の最も偉い人でありますからな」

「私よりも上様の方が……」

「上様が何か悪事を働きましたかな。私利私欲のために、人々を苦しめておりますかのう。もし、さようなことがあれば……」

吉右衛門は一瞬、険しい顔になって、

「上様にも切腹して貰わねばなりませぬな。あなたが介錯人になりますか」

と言った。

「と、と、とんでもございませぬ……わ、私はただ……」

「ただ何でございましょう」

「私利私欲のためにしたのではありませぬ。この国のため、徳川家のため、民百姓のため、必死に働いてきました。改革も断行して、精一杯、尽力してきたつもりです」

「ですよね……」

「は、はい」

「さような御仁ならば、池端のように潔く身を処するのが当然だと思います」

毅然と言う吉右衛門に、水野は情けない声を洩らして、

「――なぜ、私がかような目に……」

と呟いた。

「あはは……同じような科白《せりふ》を言うのですなあ」

「え……」

「『地獄一座』の芝居の最後に、阿弥陀如来や大日如来らに囲まれた閻魔大王が、そう言うのですよ……『なぜ、儂がかような目に遭わなければならぬのだ。儂はただ世にはびこる悪人を懲らしめていただけではないか。儂は間違ってはおらぬ』とね……」

吉右衛門は少し穏やかな表情になって、水野に一歩近づいた。

「人は愚かなものです。自分が正しいと思っておる。それは私も同じでしょう。だからこうして、あなたを懲らしめているのかもしれぬ」

「………」

「しかし、その後、最後の最後に、閻魔大王はこう言うのです――『いや……間違ったことがあるとすれば、罪人を決して許さなかったことかもしれぬ……深く反省し、許しを請い、泣きながら生まれ変わると誓う者までも……煮えたぎる地獄の釜に容赦なく突き落としたことかもしれぬ……』とね」

黙って聞いている水野に、吉右衛門はさらに腰を屈めて近づき、囁くように言った。

「すると、そこに集まっていた仏の軍団は、閻魔に訊いたのです――『許すという心を、おまえは持つことができるか』と」

「はい……」

「そうだ。閻魔大王も『はい』と答えた。すると、天地の四方八方から眩《まぶ》しいばかりの光が溢れ注いで、閻魔大王を包み込むのじゃ……そして、仏の軍団は光の敷物に閻魔大王を乗せて、浄土に連れていくのじゃよ」

吉右衛門の姿にも後光が射しているように、水野には見えた。

「かの閻魔大王ですら、仏になれたのだ」

「………」

「あなたに、なれぬはずはないと思いますがな、水野様……」

「は、ハハア……」

水野は拝むように、吉右衛門に向かって手を合わせた。

吉右衛門は温もりある顔で微笑みかけたが、次の瞬間、手鞠を水野に向かって、思い切り投げつけた。

鞠は破裂し、水野の頭からバサッと水が覆い被さって、ずぶ濡れになった。

――ハッ。

と目が覚めた水野は、布団の中にいた。

やたらと喉が渇いて痛いほどだった。カラカラになった喉元に手をあてがい、

「水を……」

呻きながら廊下の方を見ると、障子が開いていて、雨戸の隙間から微かに月の光が射している。その光は、猪股の遺書を浮かび上がらせた。

ゆっくりと寝床から這い出た水野は、立ち上がって障子の方に向かった。

「……………」

そこには裂けた鞠があり、廊下は水でびしょ濡れであった。

隠し銀山の話は表沙汰にはならなかったが、その後、水野忠邦によってすべての掘

削は止められ、清流が元に戻るまで、善処をすることとなった。

だが、そもそも水野による改革は、あまりにも性急で、庶民には辛辣であったため、多くの人々から怨嗟《えんさ》の声が飛んでいた。

——水野叩くに、もってこいの木魚だ。

などとからかわれ、失脚へ加速した。誰とはなく『地獄一座』のことが巷《ちまた》で語られるようになり、そのことで水野忠邦への批判が大っぴらになり、江戸町人たちが水野邸に投石することもあった。

この頃から、江戸城中の御用部屋にいても、ぼんやりとすることが多く、「木偶《でく》の坊《ぼう》同然である」と、ある目付が日誌に記している。

一方——。

吉右衛門は相変わらず、高山家に近所の者たちを集めて炊き出しをしたり、子供らを預かって遊んだりしていた。

「まだ辞めないですねえ、水野様は」

着物に襷《たすき》がけの津耶も手伝っている。武家女であるから、あまり器用とはいえず、要領も悪いので、むしろ足手纏《あしでまと》いだった。しかも、どこか生まれつき動きも鈍いのか、傍で見ているだけでも危なっかしかった。

「あんな人でなし、さっさと首になればいいのに、鈴を付けられる人がいないのかしらねえ……吉右衛門さんがやりなさい」

「さあ、私の言うことなんぞ聞くかどうか……津耶さんのお父上にすら感謝しない人ですからなあ……困ったものです」

「そうねえ。本当に嫌になっちゃうわ」

「でも、近頃は籠もってばかりだから、悪いこともできないようですな、はっは」

「そんなことより、見損ねたあの芝居、また観たいですわ。また連れてって下さいませんか、吉右衛門さん」

「いや、懲《こ》り懲《ご》りです」

「え、どうして」

「あの芝居小屋に、あなたを連れていってなければ、もっとすんなり片付いていたはずなのですがな」

「何の話です……?」

「だって、遠山様のことを……あ、いや、もう結構。ささ、その鍋は熱いから気をつけて下さいませよ、津耶さん」

吉右衛門は注意しながらも、集まってきた人たちが和気藹々《わきあいあい》と過ごしているのを観ているのが楽しかった。吉右衛門にとっては至福のひとときでもあった。

第四話　武士の掟《おきて》

一

高山家では今日も、手習所に行けない子供らを相手に、吉右衛門が論語の素読《そどく》などをさせていた。

他に書の書き方や算盤《そろばん》なども教えている。もちろん束脩《そくしゅう》や授業料はいらないので、わんさか集まっている。

休憩中は、所狭しと屋敷内をわいわいがやがや走り廻って遊ぶ子供たちだが、講義の間は学問所に通う武家の子弟よりも、しっかり学ぼうという姿勢が見える。

吉右衛門の話が面白いからであろうが、助手代わりに来ている武家の子がいた。名は黒田真澄《くろだますみ》という。高山家と同じ小普請組旗本の跡取り息子である。年はまだ十二であるが、他の小さな子供たちに兄のように慕われており、統率力もなかなかである。

「席正《せきただ》しからざれば坐《ざ》せず」

「一《いち》を以《もっ》て之《これ》を貫《つらぬ》く」

真澄が朗々とした声で言うと、子供たちも暗誦している言葉を一緒に唱えた。

「席というのは座布団のようなもので、昔の人は座るときに必ず正しい位置に整えてから、膝を揃えて座りました。座席が曲がっていたときは座らないのです。そのような間違った所に座ってしまえば、姿勢が悪くなるだけでなく、ずっと自分の間違いに気付かないまま、善悪も分からなくなることの譬《たと》えです。よく覚えておくように」

すらすらと真澄が説明をすると、ひとりの子が、

「一を以て之を貫くとは、ひとつのことしかしちゃいけねえってことですか」

と訊いた。

「そうではない。色々と勉学をしなさい。これも論語にある言葉ですが、深い真心をもって、ひとつのことに打ち込むことが大切ですよということです。おまえたちのお父《と》っつぁんは大工だったり桶《おけ》作り職人だったりするけれど、気を引き締めておかないと色々と惑わされます。つまり、自分の信念を曲げずに、それを一生懸命に貫くこと

が大切だよということ……これもよく覚えておきなさい」

真澄が話すと、子供らには実感がないかもしれぬが、「はーい！」と素直に答えた。

ひとしきり授業を終えた後で、きな粉餅やみたらし団子などを、子供たちと食べるのが、吉右衛門にはまた嬉しいひとときだった。真澄が一緒になって、子供らと遊んでいるのも楽しそうだった。

「今日は母上は来ないようだが、何処《どこ》か調子でも悪いのですかな」

吉右衛門が訊くと、真澄は困ったように笑って、

「さあ。鉄砲玉みたいな母上ですから、何処かに飛んでいったら、しばらく帰ってきません。父上も困ってます」

「はは、そこが津耶さんのよいところだ。いつぞやも、旅役者の芝居を観たいと一緒に来ましたが、とんでもないことが……」

「ええ。母上から聞きました。吉右衛門さんが大活躍だったそうな」

「いえいえ。母上の機転が良かったのです。さすがは、ご老中の娘御。武芸の腕前も衰えておりませんな」

「はい──」

と答えてから、真澄は少し複雑な顔になって、

「母上は何故、父上と夫婦になったのでしょうか。それがよく……」

分からないと首を振った。

「おや。お父上のことが嫌いですか」

「いえ。そうではありませぬ。むしろ尊敬しております。己が信念が強く、私にも常々、武士たるもの二心《にしん》があってはならぬと、教えてくれております」

「さよう。私も立派な御仁《ごじん》だと思いますぞ。小普請組組頭でありながら数々の政策を、各奉行に上申しています。それこそが旗本の務めであり、矜持《きょうじ》であると身を以て実践しているのでございますからな」

「ですが……」

真澄はわずかに不満げな顔になって、

「母上はその気になれば、もっと身分の上の人に嫁《とつ》ぐこともできたはず。もう亡くなりましたが、黒田の祖父も、大名の娘が無役の小身《しょうしん》旗本などの嫁に来て貰って、申し訳なかったと話していたことがあります」

「真澄殿は、小普請組旗本に生まれたことに引け目でも感じているのですかな」

吉右衛門が訊き返すと、真澄はすぐに「そうではありません」と否定し、

「ただ、どうしてかな……と」

「――さあ、私も事情は知りませぬが、若い頃から、津耶さんは自由闊達な女性《にょしょう》だったとか……それこそ惚れた男に一筋だったのではありませぬか」

「一筋……」

「小普請組とはいっても、黒田家はかの黒田勘兵衛《かんべえ》の流れを汲むとか。元を辿《たど》れば、村上肥後守の方が九州の小藩。あなたの母方のお祖父様は、それこそ刻苦勉励《こっくべんれい》して、一を以て之を貫く精神で老中の地位まで昇り詰めました」

「………」

「その資質を真澄殿は受け継いでいる。まだまだ若い。念ずれば花開く。今はいずれ羽ばたくために、心身を鍛えておくのですな」

孫でも励ますように吉右衛門が肩を叩くと、真澄は嬉しそうに笑った。まだまだ子供の顔だった。

その夕暮れ――。

高山家からさほど遠くない、小名木川沿いにある黒田家の屋敷で、真澄は夕餉《ゆうげ》を取っていた。津耶は実家である村上家の下屋敷に出向いている。祖母の具合が悪いからと、看病に出向いているのだ。

本来、武家の女は勝手に出歩いて宿泊することはできない。公儀の許しがいるのだが、津耶はお構いなしだった。

　そんな津耶のことを、御定法《ごじようほう》や家訓、掟《おきて》などに厳しい父親の耕之介《こうのすけ》は、あまり好ましく思っていないようだが、文句を言うことはなかった。心の何処かに大名の娘だからという思いがあるのではないかと、真澄は邪推していたが、口にしたことはない。

「真澄。私は今から、隅田川《すみだがわ》護岸普請に関する寄合に出向かねばならぬ」

「はい……」

「夜を徹しての話し合いになるかもしれぬので、きちんと戸締まりを忘れず、火の用心も徹するように頼んだぞ」

「承知しました。では、母上は今日も……」

「村上家に泊まるとのことだ。お祖母《ばあ》様の様子も心配だしな。むろん、公儀には私から届けておる……だからといって、おまえも決して、だらけたことはせぬように」

「分かっております。母上とは違います」

　冗談めいて真澄は言ったが、何事にも実直な耕之介は笑いもせず、

「ときに真澄……おまえはまだ十二歳だが、後二年もせぬうちに元服だ」

「はい」

「その折には、私と一緒に公《おおやけ》の場にも出向くことになろう。人に恥じることのない

人間になるよう勉学に励み、武士としての矜持も常に正しくしておくことを心がけよ」

「はい。父上の教えはいつも心に刻んでおります」

と真澄が胸を叩くと、耕之介は頷いて、

「私が最も大切にしていることを申してみよ。おまえが幼き頃から、口を酸っぱくして言ってきたことだが、分かっておるな」

「はい。何事にも二心があってはならぬということです」

「さよう。裏表のある人間が最も信頼できぬ。そして、己が信じる行いは、つまらぬことで揺らいではならぬ」

「はい。心得ております」

「殊に、人に情けをかけるときには、覚悟が必要だ。そういう意味で、高山和馬は立派だ。若いが、私は尊敬している」

「吉右衛門が偉いのだと思います」

「そうだな。善き人には、善き仲間が寄ってくる。おまえもそうであれ。さてと……」

耕之介は立ち上がって身支度を整えると、屋敷から出ていった。

その夜、遅くなって――何か騒ぐ声がしたので、真澄はハッと目が覚めた。行灯《あんどん》明かりも消しており、雨戸も閉めているので、真っ暗だった。

「向こうだ。探せ！　追え、追え！」

捕り物なのか、数人の声が闇夜の中に響いていった。

「…………」

真澄はふと戸締まりをキチンとしたかどうか気になり、布団から這い出て、手探りで玄関や勝手口などに行って、心張り棒などを確認していた。

その時である。コツコツと勝手口の戸を叩く小さな音がして、

「何方《どなた》かおいでになりますか。お願いでございます。どうか、助けて下さい。一晩だけで構いません。屋敷に入れてくれとは言いません。裏の蔵か物置小屋の中に匿《かくま》ってくれないでしょうか。どうか、どうか……」

と女の声がした。

今し方、聞こえたばかりの怒声と関わりがあるのかと、思わず心張り棒に手が伸びたが、すぐに引っ込めた。

門扉は閉めたはずである。女の声はまやかしで、塀を乗り越えてきた凶悪な奴が一緒にいるのかもしれぬ。もし不用意に戸を開ければ、極悪人たちが押し込んでくるか

もしれぬと、真澄は警戒したのだ。

「ご迷惑をおかけします。夜が明けるまでで結構です。裏の小屋をお借りします。申し訳ありません」

もう一度、ひ弱な女の声がしたが、真澄は何とも答えなかった。自分は臆病だと感じたが、勇気を出して戸を開けることはできなかった。父ならばすぐに助けているかもしれないと思ったが、子供ひとりであるため、できなかった。ただ、

「――いいですよ。小屋で寝て……」

とだけ戸越しに言った。

相手は「ありがとうございます」と掠《かす》れた声で返答して、忍び足で裏手に廻っていく様子が感じ取れた。

その夜は、招かざる客が気になって、真澄は布団に戻っても、ゆっくりと眠ることができなかった。うとうととしかけると、すぐに目覚めて、焦りに似た不安な気持ちが胸の内に広がる、その繰り返しだった。

二

明け方近くになって、今度はドンドンと激しい音がした。表門を荒々しく叩く音だった。一瞬、深く眠っていた真澄は飛び起きて、玄関まで急いで門の所まで来た。父親かもしれないからだ。

「黒田殿！　お尋ねしたいことがござる！　朝早くから申し訳ないが、起きて下さらぬか！　黒田殿！」

あまりにも激しく叩かれるので、真澄は恐々とした。ゆうべ女の声を聞いて気にかかっていたから、余計に不安だった。だが、次の言葉で少し安心した。

「北町奉行所の古味覚三郎でござる。どうか、開けて下され！」

「――は、はい……只今……」

まだ陽は出ていないが、東の空はやんわりと明るくなっている。

目の前には、町方同心姿の古味がおり、門の外には、捕方が数名と熊公ら岡っ引も何人か打ち揃って立っていた。

「何事でございましょうか……」

と訊こうとする前に、古味は切羽詰まった様子で、

「咎人《とがにん》がこの辺りに潜んでいる節がある。当屋敷に逃げ込んだやもしれぬので、屋敷を改めさせて欲しい」

と言った。

「いえ、今、父上も母上も留守なので、私では如何ともしがたく……」

「ならば立ち合うだけでもよい。改めるから、よろしいな」

「それは困ります」

「何故だ」

「両親が留守の間は、何者も入れるなと」

「一刻を争うのだ。でないと、ご両親にも迷惑がかかるぞ」

偉そうな態度で迫る古味に、真澄は寝間着姿のままだが毅然と言った。

「お引き取り下さい。うちには誰も来ておりませぬ。それに、町方役人が当家の主人の断りもなく、家探しするのは如何なものでしょうか。私は息子に過ぎませぬ」

「しかし、そ奴が凶悪な奴ならば、あなたに危害を加えるかもしれぬのだぞ」

「もし、そうなれば私も武士の端くれですから戦うまでです」

意地でも追い返そうという態度に、古味は思ったのであろう。しかも相手は子供だ。

腹が立った様子だったが、町方同心が仮にも旗本の屋敷の中に許しも得ず入ったとしたら、それは問題だ。

それに、黒田耕之介といえば、何事も四角四面に御定法を持ち出して、面倒な人物だと知れ渡っている。

「――では、何人かを屋敷周辺に置いておくので、何かあれば直ちに連絡せよ」

古味は一旦は引き下がると言ったが、当主が帰ってくれば改めて来ると立ち去った。

「ご苦労様です……」

真澄は玄関を閉めてから、廊下に面した雨戸を開けた。塀の外をうろついている岡っ引らの気配がする。

俄《にわか》に不安が込み上げてきた真澄は、厨《くりや》の勝手口から裏手に抜け、蔵の脇にある物置小屋に行ってみた。風雨に晒《さら》された古いもので壁板も傷《いた》んでいた。

入り口の引き戸が少し傾いて、隙間がある。真澄は恐る恐る戸を開けてみた。薄暗い中はガラクタ同然のものしかなく、埃《ほこり》が舞っている。片隅に炭俵があり、その後ろの方に人の気配がした。

「――私です……この家の者です」

と声をかけたが、返事はない。だが、微《かす》かに体がずれるような音がした。犬か猫でもいるようにも感じた。

思い切って真澄が踏み込んでみると、炭俵の裏には、膝を抱え込んで体を丸めて眠っている女がいた。薄暗くて顔ははっきり見えないが、着物の裾からはみ出ている足は細く、袖から見える腕も棒のように細かった。

「昨晩の人ですよね……そうなのですか」

次に真澄が声をかけたとき、女はギョッとなって今にも叫びそうな顔を向けた。束《たば》ねた髪はすっかり崩れており、化粧気のない顔は頬がこけていて、おまけに炭に凭《もた》れていたせいか黒ずんでいた。

「ひっ――」

真澄の顔を見上げた女の顔は、まだ十七、八であろうか。娘盛りといってよかったが、よほど辛い思いをしてきたのか、生きている人間には見えなかった。

「大丈夫です。私は旗本・黒田耕之介が一子、真澄です。当家の者です。あなたは昨晩、声をかけてきた人ですか」

「………」

女は小さく頷いた。小刻みに震えているのは怖いのではなく、寒さからきているようだった。側《そば》に寄った真澄はしぜんに、女の手に触れた。氷のように冷たいので、

「家の中に入りましょう。一晩中、ここにいたのなら、さぞや寒かったでしょう」

真澄は当然のように誘った。

「昨夜はごめんなさい。父も母もいないもので、誰かも分からず、こんな目に遭わせてしまいました」

まるで自分の落ち度のように真澄は言った。女の方も相手がまだ子供だからか、わずかに安堵の表情が広がった。だが、素直に表に出ようとはしなかった。警戒しているような様子である。

「ここは一応、武家屋敷です。変な奴が追って入ってくることはできません」

「…………」

「それに私の父上は旗本です。きっと力になってくれます。どうか信じて、さあ」

真澄は触れていた手に力を入れて、女を引っ張り上げようとした。すると、ウッと女は眉間に皺を寄せた。どうやら足首を捻挫したのか傷めているようだった。

「傷の手当てもしてあげましょう。私、これでも少し医学の勉強もしてます。この近くには、深川診療所というのがあって、そこの藪坂甚内先生に学んでます。医者になれるかどうかは分かりませんが、人助けの役には立ちますもんね」

「人助け……」

「ええ。『人』という文字は、ひとりひとりが支え合っているでしょ」

屈託のない笑みで、指先で描いてみせた。

「吉右衛門さんの受け売りですけどね……ああ、この方は私の学問の師匠です。父と同じ小普請組の旗本の奉公人……とのことですが、本当は只者ではないと私は踏んでます」

「ふふ……」

女は何がおかしいのか、心がわずかだが安らいだように笑った。

「何か変なことを言いましたか？」

「ありがとう。助かります」

女は素直に腕を伸ばした。真澄はひんやりしているその手をしっかりと掴んだ。

真澄は昨夜の飯の残りを粥《かゆ》にして、味噌汁や香《こう》の物《もの》や海苔《のり》などを適当に並べて、まずは女に食べさせた。様子では何日か食べていない様子だった。

親切な子供に出会って幸運だったと、泣き出しそうになりながら、女は遠慮なく黙々と口に入れた。

その間に、真澄は湯を沸かし、汚れた体を洗って着替えをするよう整えた。母親の着物では地味かもしれぬが、まるで物乞い同然の擦り切れた姿は可哀想すぎた。女は地獄に仏を見たように、真澄の親切を受け容れた。疑うということすらなかった。それほど心は疲弊していたのかもしれぬ。

一安心したのか、女は奥座敷で、ゆったりと寝転がっていた。湯を浴びて着替えると、先ほどとは見違えるような美しい女だった。茶を運んできた真澄は、ちらりと裾から見えた白い足から目を逸らし、

「どうぞ。粗茶ですが……縁側には出ない方がいいと思いますよ」

「えっ……」

「町方がうろついてます。あなたは追われているのですか」

茶を飲もうとした手が一瞬、止まって、女は真澄の顔を見上げた。

「大丈夫です。もし追われる身であったとしても、私はあなたを助けたのですから、町方に報せたりしません」

「…………」

「父上にもそう教えられております。武士として当然のことです」

「でも、私が極悪人だったら、どうします」

「そうは見えません。何か事情があるなら、お話し下さい。助けてくれる人は沢山いると思いますよ」

あまりにも純心で素直な真澄を見ていて、女は柔らかな微笑《ほほえ》みを洩らした。

「──ありがとうね……こんなふうに、優しくして貰ったのは何年ぶりでしょう……あ、名前も言ってなかったわね」

女は座り直すと、おせん、と名乗った。

「おせんさん……よかったら、どうしてこんなことになったのか、教えてくれませんか」

「えっ……」

「無理にとは言いません。でも、知っておきたいと思ったのです。後で父上に話すとしても、何かの役に立つかなと」

「あなた……真澄さんでしたね。年は幾つなの」

「十二です」

「──十二歳……しっかりしてるわね……私があんな目に遭ったのも十二だった」

「あんな目……」

「話しても、信じないかもしれないけれど……」

おせんと名乗った女は、虚空《こくう》を見上げながら、身の上話を始めた。真澄のことを信じたからであろう。

「私のお父っつぁんは船乗りで、大坂《おおさか》の難波津《なにわづ》から江戸までの五百石船を操《あやつ》っていた。沢山の荷物を積んで、江戸まで運ぶんだ……女の乗船は御法度《ごはっと》だけれど、お父っつぁんに頼んで乗せて貰った。まだ子供だったしね」

「大きな船なんですね。恥ずかしながら、私はまだ屋形船も乗ったことがありません。水練が苦手《にがて》で怖いんです」

「あら……」

うふっとおせんは苦笑したが、表情が俄に曇った。

「でも、楽しかったのは最初の一日だけ……紀州《きしゅう》沖から遠州《えんしゅう》に向かう途中、嵐に遭って、お父っつぁんたちは船荷を捨てて、帆柱を切り倒して、転覆しないようにしたけれど、難破してしまった……お父っつぁんも海に落ちて行方不明。水主《かこ》たちが何人も大波にさらわれた」

「！……」

「私は子供だったから、艫矢倉《ともやぐら》の柱に縄で括《くく》りつけられた。大波に襲われても引き込まれないようにね」

おせんが昨日のことのように熱心に語るのを、真澄は真剣なまなざしで聞いていた。

「沈没はしなかったけれど、舵《かじ》も櫂《かい》もぜんぶ壊れて、大海原を漂流するしかなかった。

幸い縄が緩《ゆる》んで身は自由になったけれど、何日、何処に向かうのかも分からないまま、船は流された。幸い船内には水や食べ物があったから、飢え死にせずに済んだんだ」

「それで……」

「流れ着いたのは、蝦夷《えぞ》だよ」

「蝦夷……」

「奥州《おうしゅう》よりずっと先でね。でも、何もない所で、私はひとりであてもなく歩いていたら、地元の漁民に助けられたんだ」

鈍色《にびいろ》の海が広がっており、季節は夏だったが、氷が張っているように見えたという。おせんは寒村の漁師夫妻に世話になったが、日ごと望郷の念に駆られて、難波に戻りたいと願うようになった。

そうして、二年が経つうちに、長老の村長《むらおさ》が、松前《まつまえ》に行けば〝本土〟に戻れるかもしれないと手立てを講じてくれた。

「でも、蝦夷は異国と同じ。もし、国に帰ることができても、悲惨な暮らしが待っている。それなら、この村で暮らさないか。俺たちがずっと面倒を見る、とまで言ってくれたけれど、おっ母《か》さんや弟たちが待っている所へ帰りたかった」

「もっともだと思います」

「松前まで行ったのはいいけれど、そこには幕府のお役人がいて、咎人同然に捕らえられてしまった。牢屋ではないけれど、決められた所に住まわされて、湊《みなと》の荷揚げを手伝ったり、女だから飯炊きや洗い物の仕事をさせられた」

まるで冒険譚《たん》を聞くように、真澄は興味津々《しんしん》に聞いていた。

「それでも生きていれば、いつかはおっ母さんたちに会える、そう思って辛抱してた……それから三年ほどして、お役人の計らいで、江戸に帰ってくることができたけれど……」

おせんがそこまで話したとき、塀の外から、

「誰かいるぞ！」

という岡っ引の声が聞こえた。

外からはおせんの姿は見えないはずだが、話し声が洩れていたのかもしれない。真澄はすぐに立ち上がって障子戸を閉めた。そして、奥座敷の前の雨戸もしっかりと閉じるのだった。

俄に表がざわついた。だが、真澄はおせんを見て、

「大丈夫です。私が守ります」

とシッカリとした顔つきで頷くのだった。

三

その頃、高山家にも、古味が押しかけてきており、

「公儀の命令で咎人探しをしているから、隠し立てをするとためにならぬ」

と迫っていた。

屋敷内を改めると申し出たが、吉右衛門も真澄と同じ理由で断っていた。当主が留守であるため、奉公人の自分が許諾することはできないというのだ。

「どいつもこいつも……」

「は？　それはどういう意味でございますか」

「黒田家の小僧も同じことをぬかしおった。おまえたちは、咎人を隠し立てするのか」

「へえ、真澄がさようなことを……なかなか良い心がけですな……和馬様も公儀普請の寄合で出かけております」

「ふざけるな。こっちは御用の筋で、極悪人を追っておるのだ。それを匿うと同罪だということを忘れるな」

「承知しております。ですが、うちには誰も逃げ込んだりしておりませぬ」

「それを確かめると言うてるのだ」

「武士の言葉を信じられぬのですか……あ、私は武士でありませぬがな」

吉右衛門が余裕の笑みを返すと、小馬鹿にされたと思ったのか、古味は顰《しか》め面《つら》で、

「おまえの魂胆は分かっておる。そうやって俺を見下しているのだ」

「いえ、まったく。それは古味様の被害妄想というものです」

「そういう態度が気に入らぬのだ」

「これは相済《あいす》みませぬ。生まれつきですすので」

「本当に腹が立つな」

舌打ちした古味だが、玄関の上がり框《かまち》の所に座り込んで、

「いいか、よく聞け。咎人とは国禁を犯したものだ。事と次第では死罪で、良くても生涯、牢暮らしだ」

「ほう、それは大層な罪を犯したのですな」

「さよう、聞いて驚くな。そいつは……異国に行っておったのだ」

「異国に……」

それには吉右衛門も意外だと驚いた。鎖国の中にあっては、如何なる理由があって

も異国に行ったとなれば、そのまま追放か、帰ってきても長崎《ながさき》などで監視されるのが決まりであった。

もし、幕府が事情を訊く用件があれば、江戸に連れてこられて、番町《ばんちょう》明地《あけち》薬草植《やくそううえ》付場《つけば》の番小屋で幽閉されることになっている。

「そいつが事もあろうに、番小屋から逃げ出したのだ」

「どういう輩《やから》なのです……」

「六年ほど前に、嵐によって難破したと思われる五百石船に乗っていたと思われる女だ」

「女……？」

吉右衛門は首を傾げたが、古味は当時は子供で運良く蝦夷に流されたと話した。

「それは運がよい人だ。海の藻屑《もくず》になっても不思議ではなかったろうに……私はそうした境遇の者を咎人扱いするのは如何とは思いますが、家光公以来の御法度ならば、しかるべき措置を取るのはいたしかたないと思います」

「おまえの意見なんぞ、どうでもいい。そんな輩が町中をうろついて、下らぬ異国の話をされては世の中を乱すだけだ。しかも耶蘇《やそ》の疑いもあるからには、町奉行が捕らえて見守るのは当然であろう」

「ええ、まあ……」

「罪はそれだけではない。そいつには何人か仲間がいて、松前の商人と結託して、抜け荷に関わっている節もある」

「抜け荷……それは大それたことを……」

「であろう。その仲間ってのも、町方では探し廻っている」

「……………」

「逃げたのはおせんて娘だが、漂流した頃は十二歳くらいなら、悪い輩に仕込まれれば、罪を罪とも思わぬような人間になる」

「……………」

「今は、十七、八の女だ。薄汚れた着物で、髪も束ねただけだから目立つと思う。見かけたらすぐに報せろ。よいな」

古味が威圧するように言ったとき、熊公が門内に駆け込んできた。

ふつうの武家屋敷ならば、決してやってはならないことだが、高山家はいつも表門を開けており、誰でも出入りできるから、当たり前のように来て、

「古味の旦那。やはり、黒田の屋敷には誰かいるようですぜ」

「なんだと」

「ガキがひとりのはずなのに、ぼそぼそと話し声が聞こえたんです。朝っぱらから風呂も沸かしていた様子だし、どうも妙ですぜ」

「よし。構わぬ、調べてみるぞ」

強引に行こうとする古味に、異変を感じ取ったのであろう、吉右衛門も思わず追いかけていくのであった。

黒田の屋敷は、表門が閉まったままだった。

近づいてきた古味が、「何かあったか」と訊いたが、まったく声も聞こえなくなったと岡っ引らは答えた。

「こっちの動きに気付いて、用心してやがるな。よし、乗り込もう」

盗賊でも捕縛に向かうような気迫で、古味は表門をダンダンと叩いた。だが、まったく真澄からの反応はなかった。

「小僧。中に誰かいるのは分かっているのだ。大人しく開けないと、踏み込むぞ」

古味が乱暴な声を上げると、吉右衛門が近づいてきて、

「古味様……それは如何にもまずい。遠山様にも迷惑がかかりますぞ」

と窘《たしな》めた。

「町方とて武士だ。構わぬ。中に咎人がおれば、お手柄だ。邪魔立てするな」

表門を蹴破ってでも押し込もうとする古味を止めて、吉右衛門はやんわりと言った。

「真澄は父上の言いつけをキチンと守る、武士道を心得ている子です。あなたは小僧と言ってますが、すでに十二歳にして四書五経も学び、剣術の鍛錬も欠かしておりませぬ」

「だから、なんだ。どけい」

「話せば分かる子です。私にならば心を許すと思います。一応、師匠ですからな」

「…………」

「武家の表門を強引に開けさせるのは、不敬《ふけい》というもの。一緒に勝手口から参りましょう。さあ、ご案内致します」

吉右衛門は裏手に廻り、真澄に声をかけた。

すぐに真澄が駆けてきて戸を開いたが、そこに古味がいるのを見て、顔が強張った。

「案ずるに及ばぬ」

真澄に目配せをして、吉右衛門は安心させて、

「古味様がどうしてもとおっしゃる。この木偶《でく》の坊《ぼう》の熊公とふたりだけでも、一度、屋敷内を改めさせてくれぬか」

「——吉右衛門様……」

「父上の留守中であることは百も承知しておる。うちも同じゆえな」

「…………」

「だが、こうして町方も躍起になっておる。古味様も言い出したら意地になるお人だからな。誰もいないことを、証《しょう》してやれば済む話ではないか」

吉右衛門が説得しようとしていると、

「俺は別に意地になってないぞ。御用だと言うておるのだ」

と古味は、それこそ意地になって文句を垂れた。

「どうだね、真澄。私も一緒にいるから、怖がることはない」

優しい吉右衛門の声に、しばらく考えていた真澄は、仕方なく頷いた。

すぐさま古味と熊公は家探しをするように、あちこちの部屋を歩いて廻った。幾つもの座敷や仏間、厨房《ちゅうぼう》から風呂場や厠《かわや》、さらに押し入れや庭の土蔵や炭小屋などを隈《くま》無《な》く改めたが、誰もいなかった。

奥座敷には文机があって、読みかけなのか書物が開いたままである。

「――おかしいなあ……たしかに人の声がしたのだながなあ」

熊公は疑り目であちこちを見廻していたが、真澄が落ち着いた態度で答えた。

「それは私が素読をしていた声ではありませんか。毎朝の習慣ですので」

「素読……」

古味も訝《いぶか》しげに、文机の書物に目を投げかけたが、吉右衛門はすぐに援護するように、論語を手にしながら、

「ほう。もうここまで読んでおるのか」

と感心してみせた。そして、古味と熊公に聞かせるかのように、

「——子貢曰《しこういわ》く、君子も亦《ま》た悪《にく》むことあるか。子曰く、悪むことあり。人の悪を称する者を悪む。下流に居りて上《かみ》を訕《そし》る者を悪む。勇にして礼なき者を悪む。果敢にして窒《ふさ》がる者を悪む。曰く、賜《し》や、亦た悪むことあるかな。徼《もと》めて以《もっ》て知と為す者を悪む。不遜《ふそん》にして以て勇と為す者を悪む。訐《あば》いて以て直《ちょく》と為す者を悪む……」

と諳《そら》んじてみせた。

「なんのことでえ……俺にはサッパリ分かんねえ」

熊公が首を傾げると、吉右衛門は苦笑して、

「古味様はお分かりですな……まあ、極々、簡単にいえば、傲慢《ごうまん》に振る舞って、人の嫌がることをする奴は最低ってことです」

と言った。

「——帰るぞ。熊公」

ふて腐れたような態度で、古味は屋敷から引き上げるのであった。

残った吉右衛門は、真澄に訊いた。

「疑うわけではないが、本当に誰も匿ってはいないのだね」

「はい」

「追われている咎人は、十七、八歳の女だそうで、抜け荷に関わっている疑いもあるとのことですよ」

「ぬ、抜け荷……」

ほんのわずかに真澄の表情が揺らめいた。だが、おせんのことは口にしなかった。

吉右衛門は真澄の顔をじっと見つめて、

「もし、何かあったら、迷わず私のところに相談に来るのだよ、いいね」

「は、はい……ありがとうございます……父上も母上も今日は帰ってくるかと思います」

「そうか。とにかく万事、気を付けてな」

吉右衛門は微笑みかけてから、もう一度、室内を見廻すと、部屋の片隅、屏風の裏側に赤い櫛《くし》が落ちているのがチラリと見えた。真澄もその視線に気付いて、

「あ……母上ったら、いつもそそっかしいので……」

「ですな。津耶さんらしい。真澄は気質は父上に似てよかった。あはは」

吉右衛門は軽く真澄の肩を叩いて、立ち去るのであった。

四

鉄砲洲《てっぽうず》には、江戸の廻船問屋の蔵がずらりと並んでいる。

沖に停泊している五百石や三百石という大きな弁才船《べんざいせん》から、無数の艀《はしけ》が船荷を運んできている。湊の人足たちが汗を掻《か》いて働いている中から、何人かが突然、駆け出して蔵の裏手の方に逃げた。

それを六尺棒を抱えて見廻っていた町方役人が、とっさに追いかけた。蔵の裏手に逃げ込んだ人足たちは必死に走ったが、行く手にも役人が現れた。

「ちくしょうッ」

思わず海に飛び込む者が多かったが、ひとりだけはその前に役人に追いつかれ、地面に倒された。したたか顔面を打った男は、悲痛な声を上げて、

「や、やめてくれッ。俺たちが何をしたっつんだ。放してくれえ!」

と叫んだが、役人たちに取り押さえられた。

海に飛び込んだ者たちも、近くにいた艀が近づいて、水主たちが役人に手を貸して、一網打尽にするのだった。

北町奉行所に連れていかれた人足たちは、牢部屋に留め置かれた後、遠山左衛門尉直々《じきじき》に取り調べられた。

このうちひとりは、人相書も出されているほどの昌蔵《しょうぞう》という元は北前船《きたまえぶね》の水主だったが、もう十年以上も密貿易を繰り返している者だった。

北前船は日本海を通って、北陸《ほくりく》から能登《のと》を経て山陰《さんいん》、下関《しものせき》を廻って瀬戸内海《せとないかい》を大坂に至る。その間、朝鮮《ちょうせん》や清国《しんこく》の船と接触して、御禁制の品々を日本の銀や銅と交換することが多かった。

実は、この昌蔵のみならず、捕まった者たちも〝漂流民〟で、一度は松前に抑留されていたことがある。

当時、商船や漁船が図らずも黒潮や親潮によって漂流し、朝鮮やアリューシャン列島の方に行く事故は少なからずあった。しかし、人知れぬ苦労をして松前藩まで帰ることがあっても、咎人扱いで、生まれ故郷の地を踏めぬまま、生涯を閉じる者もいた。

人足寄場《よせば》に拘留されているも同然である。そのような状況から抜け出して、船乗りだった技を活かして、密貿易に加担することもあったのである。

「お奉行様、お願いです。俺たちゃ、好きで異国に行ったわけじゃねえ。なのに罪人扱いとはあんまりだ。どうか、どうか、国に帰しておくんなさいやし」

昌蔵は、お白洲の砂利に頭をつけて、必死に頼み込んだ。だが、遠山は頷くどころか、「ならぬ」と厳しく否定した。

「前例では一定の間、薬草植付場などにおり、異国の事情などを役人に伝えることによって、条件付きで帰すこともあった。だが、おまえたちは、その法を無視するどころか、抜け荷という罪を重ねてきた」

「ですから、それは生きるためでございやす……自分の国に帰ってきても罪人だなんて、そんなのおかしい。だから、俺たちゃ食うために仕方なく……」

「漂流したのも仕方なく、抜け荷したのも仕方なく、人殺ししたのも仕方なく……か」

「人殺し……⁉」

吃驚《びっくり》仰天した昌蔵は、目を見開いて遠山の顔を見上げた。

「さよう。おまえたちの面倒を見てきた抜け荷の仲間が、鎌倉河岸《かまくらがし》で死体で上がった。三次《さんじ》という三十絡みの男だ。こいつは漂流民どころか、島流しになっていた輩だ」

「し、知らねえ……」

「こいつは鉄砲洲にある廻船問屋『白子屋《しらこや》』の手代だったが、おまえたちと結託していたとの調べがついておる。そいつが昨夜、店の近くで殺されたのだ……さよう、おまえたちが薬草植付場から逃げた直後のことだ」

遠山が険しい顔で睨みつけると、昌蔵は知らないと繰り返した。が、遠山はさらに語気を強めて責め立てた。

「逃げたおまえたちは、『白子屋』に助けを求めた。だが、三次は抜け荷のことがバレてはまずいと、おまえたちを無視した。だから逆恨みして殺した……であろう」

「ち、ち、違いやすよ……そんなこと、俺たちは関わりないこってす」

昌蔵が必死に訴えても、遠山は冷ややかな目つきで、

「廻船問屋白子屋の主人・柿右衛門《かきえもん》は、三次がおまえたちと結託して抜け荷をしていたことは知らぬと話しておる」

「…………」

「それも嘘だと、この遠山は思っておるが、柿右衛門とおまえたちは繋がっておるのか。おるのなら正直に申せ」

「知るもんか」

唇を噛んで昌蔵は首を左右に振った。だが、遠山は何かを感じたのであろう、

「おまえたちには同情する。たしかに、好き好んで漂流したわけではあるまい。似たような境遇の者から何度か話を聞いたが、尋常ではない辛さであったろう。だが、やってはならぬことはならぬのだ」

と言った。

昌蔵はハラハラと涙を流しながら、

「あんまりだ……これなら、年がら年中、極寒の北の国にいた方がよかった……」

と震える声で言った。

「俺の乗っていた『関前丸《せきぜんまる》』って船は、五十石くらいの小さなものだった。船頭の房《ふさ》造《ぞう》さんは俺の伯父《おじ》に当たる人だった。一緒に漂流したけれど、足が壊死《えし》して動けなくなり、その地で病も発症して死んだよ。もう十五年も前のことだ」

「………」

「房造さんから妻子への文と形見《かたみ》を預かって、俺はそれこそ死に物狂いで、この国に帰ってきた。だが、咎人扱いだ。国の山河を見ることもできねえ……だから、さっき言ったように、俺たちゃ食うために……」

悔しそうにお白洲の砂利を投げ散らかして、

「それが今度は人殺しかよ……やってもねえことで罪人かよ。もういいよ。殺せ！

さっさと殺せ！　その方がスッキリすらあ！」

と遠山に向かって怒鳴った。

「——さようか。望みどおりにしてやるゆえ、小伝馬町《こでんまちょう》牢屋敷で裁決を待て」

遠山はそれだけを言って、蹲《つくば》い同心たちに縄を掛けさせ、引っ立てさせた。


その頃——。

廻船問屋『白子屋』では、主人の柿右衛門と浪人者が杯《さかずき》を交わしていた。

浪人とはいっても、身なりのよい、なかなかの偉丈夫《いじょうふ》で、如何にも腕が立ちそうであった。店の用心棒であろうか。

「北町に捕らえられた昌蔵が、あれこれ喋《しゃべ》ったようだな」

唸るような声で言う浪人に、いかにも強欲そうな面構《つらがま》えの柿右衛門も、「困った」と深い溜息をついて、

「如何《いかが》しましょうかな、権藤《ごんどう》様……」

「それは、おまえ次第だ」

「そうおっしゃられても、あの切れ者の遠山奉行が一枚噛んできたとなると、随分と厄介《やっかい》だと思いますがね」

「ならば、店を畳むしかないか」

「それでは、私どもの食い扶持が……まだまだ儲けたいところです」

「なんやかやと面倒が起こる前に、看板を下ろし、一旦《いったん》、上方《かみがた》にでも姿を眩《くら》ましてから、その後のことを考えればよかろう。すでに一生、遊んで暮らせるほどの金があろう」

「まさか、そこまでは……随分と権藤様にもお渡ししましたから」

「俺はただ橋渡しをしているだけだ。お役御免になれば、冷や飯食らいの浪人ゆえな」

「なにをおっしゃいますやら。うなるほどの小判を持っている浪人が、どこの世におりまする。権藤様こそ、そろそろ……」

柿右衛門が酒を勧めると、権藤と呼ばれていた浪人はスッと刀を抜いて、

「そろそろ、なんだ」

と険しい目つきに変わった。

差し出した徳利を、柿右衛門は自分の膝に落として、酒が流れ出た。

「な、何をなさいます！」

「大人しく上方に行くか、それとも……」

刀を突きつけられて、柿右衛門は身動きできなかった。権藤はゆっくりと相手の喉《のど》元《もと》に切っ先を触れさせて、

「三次を消しただけでは不安だと、あの御仁はおっしゃっておる」

「や、やめて……」

「昌蔵たちは早晩、すべてを喋るであろう。もちろん、おまえのこともな。さすれば、色々と不都合が生じる。三次という小さな芽を摘んだだけでは始末がつきそうにない」

「お、お許しを……わ、私は何も……分かりました。上方でも何処でも参ります」

「そうか。それを聞いて安心した。どうせなら、冥途《めいど》に行ってくれ」

と権藤が相手の喉を突こうとした寸前、サッと障子が開いて、入ってきたのは——何と高山和馬だった。

「!?——誰だ」

権藤は驚いたが、振り返り様、和馬を薙《な》ぎ払った。見切って避けた和馬も、抜刀して身構えると、柿右衛門は一瞬の隙に後ろに倒れ込むようにして逃げた。

「何処かで見たような面だな……」

和馬が言うと、権藤は「おまえは誰だ」と繰り返した。だが、和馬はまじまじと顔

を射るように見ながら、

「ああ、思い出した……小普請組支配の大久保兵部《ひょうぶ》様の所にいた奴だよな。たしか普請費用をくすねて、辞めさせられた」

「！……」

「俺だよ、高山和馬だ。ま、分からぬだろうな。目立たぬ人間だから……なぜ柿右衛門を殺そうとしたのだ。三次を殺したのも、実はおまえってことか」

「黙れッ」

鋭い太刀捌《さば》きで、権藤は和馬に斬りかかった。障子が斬り壊される猛然とした勢いに、和馬も危うく斬られそうになった。

その時、店の表で、ピイピイと呼び子がなった。町方与力や同心が押し寄せてきたと思った権藤は襖《ふすま》を蹴倒して、和馬の動きを制すると、裏庭の方に飛ぶように逃げ去った。

入れ違いに、町方同心や捕方が店の表から踏み込んできて、狼狽している柿右衛門を捕縛するのであった。

「やめろ、私は殺されかかったんだ。権藤が悪いんだ。私は何もしてない！」

声を限りに叫んだが、役人たちは誰も相手にしなかった。

いつの間にか、和馬の姿も消えていた。

五

その日の夕暮れ、三度、古味が黒田家に訪ねてきた。熊公も一緒だった。

だが、主人の耕之介はまだ帰ってきておらず、津耶も実家の母親の様子が良くないのか、戻っていなかった。

真剣な顔つきの真澄の前で、熊公は脅かすようにポキポキと首や指を鳴らしていた。

古味は十手《じって》を突きつけて、

「本当はいるんだろ。おせん、て女だよ」

と目を細めて睨みつけた。

だが、真澄は毅然とした態度で、「いません」と繰り返した。

「意地を張るのはよくないぞ」

「本当にいません。家の中を改めたではないですか」

「事情が変わったんだよ」

「…………」

「おせんの仲間が、みんな捕まったんだ」

「えっ――」

明らかに動揺した真澄だが、自分に言い聞かせるように「知らない」と首を振った。

その表情を見て、古味は確信したように、

「嘘はいけないな、小僧……いや、真澄殿」

「…………」

「おまえも、いずれは父親の跡を継いで、立派な旗本になるのならば、悪党を庇《かば》い立てするようなことをしてはならぬぞ」

古味は奥の方に視線を送りながら、少し声を顰《ひそ》めて言った。

「正直に言えば、此度《こたび》の嘘は罪には問わぬ。匿ったのではなく、おまえが密かに怪しい奴を捕らえており、しかるべき時に町方に引き渡した……ということにしてやる」

「…………」

「さすれば、父上にも迷惑はかからぬ。むしろ名誉なことであろう」

古味は巧みに本当のことを言わせようとしたが、意地になったように真澄の方も頑《がん》として口を開かなかった。そのような態度を取る悪党はこれまで幾らでも相手にしてきた古味である。だが、子供なのにここまで頑固なのは、何故なのかと不思議に思った。

「そんな女を庇い立てして、おまえに何の得があるのだ？」

「…………」

「人というものは、幾ら綺麗事を言っても、自分の利益にならぬことはせぬものだ。おまえも十二になったのなら、少しは世の中というのを学ばねばなるまい」

「いいえ。君子は義に喩《さと》り、小人は利に喩るといいます」

「結構な講釈だけどな、おまえと同じ年頃のガキでも、町人はもう奉公に出ているぞ。四書五経も結構だが、世の役に立たなければ意味があるまい。それとも、悪人を庇えとでも、論語には書いてあるのか」

「…………」

「おまえが匿っている女は、抜け荷一味の仲間で、その仲間は人をひとり殺《あや》めているかもしれぬのだ。だから、俺たちも遠山様のご命令で探索しておる」

古味はさらに声を顰めて、

「ここだけの話だがな……抜け荷一味の裏にはもっと大物がいるやもしれぬのだ」

「大物……」

「さよう。世間があっと驚くような奴がな……もし、それを暴くことができたら、おまえの父上の手柄になるであろう。そしたら、小普請組などという無役からはおさらばできて、何かの奉行にだってなれる」

「………」

「そしたら、おまえも行く末は奉行だ……つまらぬ寄合に狩り出されて、夜通し話し合いをすることなんざ、しなくていい」

古味はまるで誘惑するように、真澄の両肩を軽く抱えて、

「どうなのだ。おまえは父上のことを誇りに思っているのであろう。しかし、無役のままでは、その才覚を活かすことはできぬ。本当のことを言えば、父上の株も上がるのだぞ」

と言った。

それでも、真澄は口を一文字にしていた。

「黒田家といえば、武門中の武門だ。母上のご実家はなんといっても大名で、おまえの祖父は老中を勤め上げた、優れた御仁だ。真澄殿は名誉ある御家に泥を塗りたいのかな」

「………」

「父上や母上のことを、篤《とく》と考えられよ」

古味が静かに言うと、じっと俯いて考え込んでいた真澄は、ゆっくりと顔を上げ、手を掲げて何か言おうとした。

その時――。

「もういいでしょ、旦那」

と座敷の奥から、おせんが出てきた。

真澄の前にいたときとは少し違って、蓮っ葉な態度と物言いである。髪を束ねて赤い櫛で止めているだけだが、まだ十八の娘の割には妙な色香が漂っていた。

「そんなに子供をいたぶって楽しいですかねえ、旦那……」

「おせん、だな」

「はい。そうですよ。どうぞ、お好きにして下さいな」

「居直るのか。まあ、いい。奉行所で、じっくりと話を聞かせて貰おうではないか」

「ええ。何でも話しますよ。楽しかったことも嫌だったことも。でも、ひとつだけ確かなのは、この国が一番つまらないってことですかねえ……酷《ひど》い国だ、まったく」

文句を垂れるおせんを、熊公が縄で縛り上げた。身を任せながら、おせんは真澄に優しい声をかけた。

「ありがとうね。守ってくれて……ちょっとの間だけど、とっても嬉しかったよ」

「おせんさん、私は……」

「大丈夫。この町方の旦那が話していたことは、ぜんぶ間違いだよ。嘘つきは、この旦那の方だ。あんたは立派な武士だよ。会ったことはないけれど、お父上とお母上にも、迷惑をかけたって謝《あやま》ってちょうだいな」

寂しげに微笑みかけると、おせんは熊公に乱暴に引っ張られて出ていった。思わず玄関から表門の外まで追いかけた真澄だが、もう何も声をかけることはできなかった。

悔しさと情けなさで、なぜか涙が溢れてきた。そして、何度も何度も、自分の頭を小突く真澄であった。

その夜、遅くなって、耕之介が帰ってきたとき、部屋明かりひとつなく、ぼんやりと真澄が座り込んでいた。

「真っ暗な中で何をしておる」

開口一番、そう言った耕之介だが、何処《どこ》かに険悪な雰囲気があった。

「反省をしておるのか。それとも、ふて腐れているのか」

父親が言った意味を、真澄はすでに分かっているように、

「――考えておりました」

とだけ言った。

「寄合の席で、町奉行所の与力や同心が、抜け荷一党を捕らえたという話を聞いた。その中で、古味からの話として洩れてきたが、真澄……おまえは、その一味の若い女を匿っていたそうだな」

「はい。申し訳ありませんでした」

「何故、匿っていたのだ」

「父上が寄合に出た夜……助けを求めてきた者がおりました……」

一晩、物置小屋に放置しておき、その後、飯を食わせたことなどを話した。そして、おせんの身の上話も伝えた。

「そうか。それは良いことをしたではないか。異国から帰ってきた者だと承知の上でもな。そして、古味から抜け荷の一味の疑いがあると聞いても、隠し通したそうだな。それは、どうしてだ」

「古味様の話が本当かどうか、私には分からなかったからです。それに……」

「それに？」

「おせんという女は、そんな話はしなかったからです」

「で……？」

耕之介の問いかけに、真澄は一瞬、戸惑った。

「おまえは、どちらを信じたのだ」

「それは……私には分からないことでしたので、いずれも信じませんでした」

「ならば、なぜ、女を売ったりしたのだ」

売ったという言葉を、耕之介は強く言った。まるで責めているようだった。

「いえ、私は……」

「おまえは、おせんという異国から帰ってきた女を、理由はともかく匿った。だが、町方同心が来て、抜け荷をしている咎人だと話して、身柄を差し出すよう迫った」

「――はい……」

「そして、おまえは差し出した」

「……………」

「窮鳥懐《きゅうちょうふところ》に入れば猟師《りょうし》も殺さず……ということわざを知っておるな」

「はい。人が窮して救いを求めてくれば、助けるのが人の情だということです」

「にも拘《かか》わらず、差し出した。ましてや、どっちが正しいかも分からず、おまえは古味の言いなりになった」

真澄は俯《うつむ》いて、うっと声を殺して泣いた。

「さような心がけでは、学問をしても意味がないな」

「………」

「一を以て之を貫く……おまえも好きな言葉だったのではないのか。もし、匿ったのが悪党だったとしても、ひとたび助けたのであれば、隠し通すのが人の道。武士の意地ではなかったのか」

「は、はい……」

「勘違いするな。私は、罪人を逃がせと言うているのではない。信念をもって救おうとすれば、どんな罪人でも心を改めるであろう。だが、責め立てる者と一緒になって罵《のの》れば……余計に傷つき、決して救われることはない」

相手はまだ子供とはいえ、耕之介は人を庇うときの心構えを伝えたつもりだった。

忠臣は二君《にくん》に仕えずとも通じる。万が一、主君が間違っていても、その命は守らねばならぬ。それが武士なのだと、考えていたからだ。

「もし、お祖父《じい》様ならば、この場でおまえを叩き斬っているかもしれぬ。救いを求めてきた者を売り渡すのは、崖から落ちそうな者を突き落とすのと同じだ」

「………」

「万が一、おせんという女が無実ならば、おまえは大きな間違いをしたことになる……じっくりと反省するがよい」

耕之介が命じたとき、ドタドタと足音がして、

「なんですかねえ。こんな真っ暗な中で、父子《おやこ》で何をしているのですか」

と津耶が帰ってきた。中間《ちゅうげん》も一緒である。

「行灯はどこでしょう。行灯、行灯……あら、見えないじゃないですか、喜助《きすけ》、なんとかしておくれ、早く」

中間の名を呼びながら、津耶はその場の父子の緊張の雰囲気を壊した。それが、わざとなのか図らずもなのかは、津耶にしか分からないことだった。

「本当に鬱陶《うっとう》しいわねえ……旦那様、うちの母親もなんとか峠を越しました。ご迷惑をおかけし、申し訳ございませんでした」

津耶が甲高い声で謝るのを、耕之介と真澄は黙って聞いていた。

六

同じ夜、とある立派な武家屋敷の一室では——恰幅の良い羽織姿の武士の前で、権藤が平伏していた。

「申し訳ございませぬ。『白子屋』柿右衛門を打ち損じました。かくなる上は……」

「もう遅い」

恰幅の良い武士の顔は、腫れたように頬《ほお》が膨らんでおり、何でも貪《むさぼ》り食っているような風貌であった。面の皮が厚いといわれるが、まさにそのものだった。

「今日の幕閣の寄合にて、北町の遠山から報せがあった。『白子屋』が抜け荷に関わっていたこと、すでに露見しておる」

「そ、そうなのでございますか……」

「おまえが斬っておれば済んでいた話だ。だが、柿右衛門はお白洲で、馬鹿正直に吐きおった。権藤、おまえのこともな」

「ですが……柿右衛門は、脇坂《わきさか》様のことまでは知りません」

権藤はそう言って、謙《へりくだ》ったように相手を見た。

「まさか、柿右衛門も私の後ろ盾が、若年寄の脇坂近江守《おうみのかみ》様とは思っておりますまい」

「いや。甘いな」

脇坂はキッパリと否定して、

「あ奴は儂に対して、直《じか》に千両の金を送ってきた」

「えっ……」

「はっきりとは言うてなくても、おまえの態度や言葉の端々《はしばし》から、この脇坂だと嗅ぎつけ、いつぞや屋敷まで訪ねてきたことがある」

「そ、そんなことが……」

「さすが薩摩《さつま》や琉球《りゅうきゅう》に船を出してまでも、抜け荷をしてきた奴だ。なかなか肝《きも》が据《す》わっておった。この儂を脅《おど》したのだからな」

「脅した……」

たしかに腹の中で何を考えているか分からぬ商人ではあった。もっとも商人というものはその類《たぐい》が多く、決して本音は見せず、穏やかな顔の裏に隠している。

「おまえも知ってのとおり、儂は薩摩藩とも通じており、琉球から南蛮《なんばん》渡りの品々を密かに仕入れておった。そして、松前藩にも儂の息のかかっている役人を送り、オロシアとの交易も図っておる」

そこから幾ばくか搾取することを企んでいることを、権藤も承知している。交易を禁じることによって一部の者だけが私腹を肥やすことが、〝鎖国〟の権能《けんのう》だとすら、脇坂は思っている。

「柿右衛門はさらに儲けましょうと、持ちかけてきたのだ。そのためには、やはり強力な後ろ盾が必要だとな。はは、すっかり見すかされておったわい」

と言いながらも、脇坂の方も頼もしい味方だと思ったという。だが、此度は思わぬ事態が起こったのだ。

「そうなのですか……」

「此度、捕まった昌蔵は、松前にて儂の手の者と組んでおった者だ」

「おまえが殺した三次と密に連絡を取り合い、『白子屋』の船を利用して江戸に御禁制の品々を届けさせていた。象牙《ぞうげ》や鼈甲《べっこう》、朝鮮人参《にんじん》などは元より、阿片《あへん》のようなものまでもな」

「…………」

「元々、昌蔵は偶然、松前にいた頃、『白子屋』の船から抜け荷を見つけたことで、仲間に引き入れたのだが、此度だけは下手《へた》を踏んでしまった」

「町奉行所に捕まったからですか……」

「妙な里心を起こしたからだ。そろそろ抜け荷から足を洗って、生まれ故郷でひっそり暮らしたいなどと、柿右衛門に申し出たらしい。だが、柿右衛門らしいな、そんなことをすればすべてバラすと脅したそうだ」

「……なるほど、だから逆に、自ら薬草植付場に逃げ込んだ」

「そこで機を見つけて、国へ帰れると思っていたのだろうが、甘い考えだと知ったのだ。ふふ、薬草植付場にも当然、儂の手の者を送り込んでおるわい」

そこで消されそうになったから、昌蔵たちは逃走を図ったのだった。

「だが、かねてより江戸湾内での抜け荷を探索していた遠山も、昌蔵らのことを知って、捕縛しようと躍起になっていたのだ」

「――そんなことが……」

むろん権藤は抜け荷のことは承知しているが、此度の昌蔵らのことなどは知らなかった。『白子屋』の用心棒として、脇坂の耳目として潜り込んでいただけだ。

「しかし、下手を踏んだのは、おまえも同じだ、権藤」

「えっ。どうしてでございますか……」

「柿右衛門を殺し損ねたからだ」

「そ、それは……」

「奴はいずれ儂のことも話すであろう。むろん、柿右衛門と儂の繋がりがある証拠など、何処にもない。奴が何を言おうと、おまえさえ知らぬ存ぜぬを通せば、儂のことが表沙汰になることもない」

「ま、まさか……俺を消そうと……」

一瞬、身構える権藤に、脇坂は苦笑して、

「慌てるな。そんなつもりなら、とうに殺してる。おまえには、まだまだ働いて貰わねばならぬ……密偵としてな」

「密偵……」

「さよう。夜が明けたら、松前に行け」

「松前……」

「藩主の松前良広《よしひろ》は、儂とも通じておる。そ奴に渡りをつけてやるによって、しばらく向こうで羽を伸ばせ。そして、しかるべき時にまた……よいな」

脇坂がそう命じたとき、

「ほう。松前藩主を〝そ奴〟と呼べる仲だったのですか」

と声があって、廊下を歩いてきたのは、和馬だった。

「誰だ……」

権藤は和馬の顔を見て、アッと刀を摑んで立ち上がった。

「こ奴です。俺が柿右衛門を斬ろうとしたときに入ってきて邪魔したのは」

「やはり斬ろうとしたんだな。命じたのは、脇坂様でしたか」

和馬が言うと、脇坂は余裕で座ったまま、

「誰だと訊いておるのだ。名を名乗れ」

「小普請組旗本、高山和馬でございます。脇坂様とは、小普請組支配の大久保兵部様や組頭の黒田耕之介様に同行して、何度かお目にかかったことがあります。色々と城の修繕や隅田川普請のことなど」

「覚えておらぬ」

「ですよね。いつも心在らずでした。金儲け以外は興味がない。普請なんて、出費だけですものねえ。そこの権藤さんにも、覚えてないと言われました」

「――何をしに来た、貴様。何処から入ったのだ」

「そりゃもう、この屋敷内は遠山様の密偵ばかりですよ。前々から、抜け荷に関して、ぷんぷん臭うとかで。このところ、何人か渡り中間を雇いませんでしたか。みんな町方の手先です」

「なんだと……おまえも遠山の手の者か」

「まさか。ご近所付き合いがちょっとあるだけです。あんな大身旗本《たいしん》とは、あまり縁がないものでして」

「ふざけるなッ。うろんな奴……」

脇坂は立ち上がって、

「出合え、出合え。曲者《くせもの》じゃ。誰かおらん」

と声を荒げた。

すぐにサッと襖が開いて出てきたのは、茶人のような風貌の吉右衛門だった。

「ハハア。何か御用でございましょうか」

「――なんだ、おまえは……」

「大声で呼ばれたもので、馳《は》せ参じました。脇坂様。ご無沙汰しております」

吉右衛門がコクリを頭を下げると、脇坂は凝視していたが、「ひいっ」と不気味な声を上げて、頭を抱えて床に転がるようにしゃがみ込んだ。そして、子供のような声で、

「か、勘弁して下さい……申し訳ありません……悪いのは私じゃありません……どうか、どうか……お許し下さい」

と泣き出しそうに言った。

訳が分からぬ権藤は、気味悪ささえ覚えて、

「なんだ、おまえたちは……」

と言うなり、いきなり斬りかかった。が、まるでそこに見えない岩でもあったかのように、刀がポキッと折れた。驚いた権藤は慌てて逃げ出そうとしたが、廊下に出た

とたん、今度は足が凍りついたように動かなくなった。

「まあ、ちょっとした催眠術ですかな。あはは……悪い心の持ち主は、なんというか軽石のように隙間だらけで、存外、簡単にかかるものなんですよ」

吉右衛門が笑いかけると、権藤は引き攣《つ》った顔のまま、その場に立ち尽くしていた。動こうにも動けなかった。

「さて、脇坂様……あなたはせっかく若年寄にまでなったのに、まだこんなことをしておったのですか。残念至極……」

いつものおっとりとした声をかけたが、脇坂は頭を抱え込んで、平伏するような姿勢のまま、「申し訳ありません。二度と致しません。深く反省しております」と繰り返した。

「いえいえ、その言葉は聞き飽きました」

「平《ひら》に平に……」

「たしか前は、薩摩の島津《しまづ》様に迷惑をおかけしましたな。対馬《つしま》藩の宗《そう》様にもね……それして、此度は松前藩ですか。いずれも御法度の抜け荷の疑いがある所ばかりですが、若年寄の地位を利用して、ガッポガッポとはねえ」

「ち、違います……」

「松前藩といえば、甲斐源氏《かいげんじ》の武田《たけだ》氏が始祖といわれてますがね、かの武門の鑑《かがみ》といわれた安東《あんどう》氏の家臣でしたが、蠣崎《かきざき》家となって、アイヌと和睦をなし遂げましたな……脇坂様、あなたはその末裔にあたるとか」

「おっしゃるとおりです……」

「徳川家康公が蝦夷支配をした後、吉宗《よしむね》公の治世には、松前家は柳間詰《やなぎのまづ》めの大名でございますよ。そりゃ、あなたの方が今は格上ですが、〝そ奴〟呼ばわりとは、はは……近頃、耳が遠くなった私にも聞こえておりました」

「も、申し訳ありません」

「かの地は、名目上の石高はありますが、実際は、蝦夷との交易独占権を認められておりますからな、抜け荷とはまた違いますわい。きちんと交易船があり、家臣も〝商場《あきないば》〟というのがあって、そこでの利益がいわば俸禄ですなあ」

「そ、そのとおりでございます……」

「つまり、脇坂様は、抜け荷ではなく、俸禄の横取りをしているということですな」

「そう言われれば、そうかもしれません……もう二度と致しません……」

「悪いことをした奴は、必ずその科白《せりふ》を吐いて、知らん顔してまたやりますからな。俄には信じられませんが……ま、いいでしょ」

吉右衛門が許すかのような言葉を発すると、脇坂は少しだけ顔を上げて、

「本当でございます。必ずや、心改めます」

「それよりも、松前藩は藩主の早逝《そうせい》が続いておるから、八代藩主の弟の広純殿《ひろすみ》が家老として、ずっと藩政を行っているようですが……此度は、御料地《ごりょうち》返還などと訳の分からぬことを申し出てきました。承知してますか？」

「いえ、そのことは、あまり……」

脇坂は曖昧に返事をしたが、吉右衛門は少し強い口調になって、

「ほら、すぐ嘘をつく。あなたが命じたことでしょう。御料地返還という形を取って、そこを天領とし、好き勝手に交易をしようと画策していた……違いますか、脇坂様」

「あ、いえ……」

「松前藩主がまだ若くて、病弱なのを良いことに、古老の広純殿を唆《そそのか》して、あなたが牛耳《ぎゅうじ》ろうとした……ですよね」

「…………」

「御料地返還というのはできないと、明日にでも幕閣たちに申し出て下さい。水野様も今や、あの体たらくですからな。どうなるか不安ですが、本当に自分の腹を肥《こえ》させることばかり考える智恵は働きますなあ」

「返す言葉もありません」

「素直で宜《よろ》しい」

吉右衛門はからかうように言ってから、

「では、こうして下さらぬか。これまで抜け荷で稼いだ金は、すべて一旦、公儀に献上し、それを改めて、そのまま庶民のために使うて下さらぬか」

「え……」

「若年寄の立場ならば、できない相談ではありますまい。私が少々、関わっている深川診療所も、台所が火の車でしてな。この和馬様の俸禄もスッカラカンで」

不満そうな脇坂の顔を凝視して、吉右衛門はもう一度、言った。

「どうでしょうかね。あなたのだぶついた金を、横取りするようで悪いですが、私が私腹を肥《こ》やすためではありませぬ。如何でしょう……上様にもお伝えしておきますから」

「しかし、それでは私の身が……」

「大丈夫ですよ。命までは取りません。やるべきことを、やって下さい」

脇坂はぶるぶると震えながら、「承知致しました」と何度も繰り返すだけだった。

そんな様子を凍りついたまま見ている権藤は、妙な緊張と恐怖のあまり気を失いそうであった。だが、吉右衛門はお日様のような笑みを湛《たた》えているだけであった。

七

翌日、なぜか脇坂は若年寄の職を辞し、隠居をして、越後《えちご》の自国に帰った。権藤は、遠山に呼ばれた後、三次殺しを追及され、余罪もあったため死罪となった。

昌蔵ら抜け荷に関わっていた者たちは、終生遠島になり、結局、故郷の地を踏むことはできそうになかった。

そのことについて和馬は、

「異国から帰ってきただけで、咎人となるのはおかしいのではありませぬか」

と訴えたが、御定法を楯に、公儀に受け容れられることはなかった。よって、昌蔵らに対して同情の余地はあったが、

——抜け荷は大罪。

ということで、遠山も御定法や前例を鑑《かんが》みて、ギリギリの裁決をしたのである。

だが、おせんに関しては、遠山は別の判断をした。おせんは昌蔵らの抜け荷とは一切、関わりがない。薬草植付場から脱出した折りに、たまたまその場にいたので、一

緒に抜け出しただけだからだ。そのことは、昌蔵も正直に話した。

「さて、おせん……」

お白洲の壇上から、遠山はおせんを見下ろして尋ねた。

「おまえは、十二歳の頃、船頭をしていた父親の五百石船に乗って、江戸に向かう途中、難破して漂流したことに間違いないな」

「はい、そのとおりでございます」

吟味方与力に尋ねられたことと同じだが、おせんは素直に答えた。

「何日も流されて、辿り着いた所は蝦夷であったことも確かなことなのだな」

「その時は、何処か分かりませんが、助けてくれた漁師夫婦によって知りました。私のことを何年も預かってくれました」

「預かった……」

「はい……大切にしてくれました」

おせんが感謝していると言うと、遠山も頷いて、

「海難に遭って、船の積荷が海に落ちて流された場合、その船荷は漂着した所の持ち主のものとなるというのが、古来のしきたりである」

と話し始めた。

「当世にあっては、船荷はそれを買い取った船主が持ち主になる。一方、船で運ぶのを依頼しただけならば、送り主が荷主のままだ。その結んだ約定によって、船荷は誰が持ち主か……が変わってくる」

その取り決めに応じて、誰が船荷の損害を補償するかも含めて、海難保険のようなものがあったからだ。

「しかしな……海難というのは、意外に頻繁に起きているのでな、現実に回収するのは大変な作業だ。ゆえに、船荷は古来のしきたりどおり、流れ着いた土地のものとなる——とする場合が多い。つまり、漂流物が打ち上げられた所の住人たちが、只で手にできるも同然なのだ」

「はい……」

「もちろん、拾った者が、持ち主に返すことも勝手次第である」

遠山は話の前提を伝えたようだった。

「——そこでだ……おせんは、本来なら乗ってはならぬ船に、父親が乗せた。つまり、子供であった場合、父親が保護する〝荷物〟同然であったわけだ」

「えっ……」

「その荷物が漂流して、蝦夷のある漁村の浜に流れついた。それを漁師夫婦が拾って、大切に預かった……今し方、おまえは、大切に預かってくれたと申したな」

「あ、はい……」

「大切に預かったものだが、年々、大きくなった。犬猫のようにな。ちなみに、犬や猫は荷物扱いだ」

「……」

「その漁師夫婦は、村長などに頼んで、〝荷物〟の持ち主に返してくれるよう、色々と手配りをしてくれた……のであるな」

遠山は訊いたが、おせんはどう答えていいか分からず、やはり黙っていた。

「さらに松前の役人が、色々と思案した挙げ句、まずは江戸に届けてきた。そして、しかるべき所に預けられていたのだが、此度……旗本の黒部家が預かっていたのを、一旦、町奉行所で預かったり、色々と詮議をした結果、やはり持ち主に返すのが筋であろうということと相成《あいな》った」

「――そ、それは……」

「さよう。難波津のおまえの母親に返すと決定した」

「お……お奉行様……ということは……」

「船の〝荷物〟ならば、異国に行った罪など科せられるわけがあるまい。頃合いを見

て、持ち主の所へ帰るがよい。不思議なことに、この〝荷物〟は自分で歩けるそうな
……犬猫でも歩けるのだから、当たり前か」

遠山は「漂流物の返還だ」と裁決すると、お白洲を終えた。

その日——。

晴れて自由の身になったおせんは、黒田の屋敷を訪ねた。真澄にひとことだけでも、御礼を言いたかったのである。

奉行所からは熊公が連れてきたのだが、丁度、吉右衛門も訪ねていた。少し先に、和馬から遠山の判決のことは聞いていたから、屋敷でも話題になっていたところだ。

「それだったら、みんな漂流物にしてあげたらよろしいのに、ねえ」

津耶が忌々《いまいま》しげに言うと、吉右衛門は笑いながら、

「船頭や水主は船を操る人間ですからな。連れていた娘と同じとはいきません」

「でも、なんか変ですわよ。この綺麗な娘さんが、お荷物だなんて」

「お荷物とはちと意味合いが違いますな。別に迷惑ではありませぬぞ、はは……それに、遠山様は船荷にすることで、おせんの父親の罪も帳消しにしたってわけですかな」

「そうなんですか？」

「たしかに無理筋だが、苦肉の策ってところですな、ははは」

吉右衛門は、一件落着とばかりに気持ち良さそうだったが、真澄は相変わらず暗い表情のままだった。

おせんは、真澄の手を握りしめて、

「ありがとう。あなたは命の恩人です。こうして、故郷に帰ることができます。難波津には、丁度、あなたくらいの弟がいます。別れる前は、まだ小さかったけれど、きっとこんな風になってるに違い……」

と言っている途中に感極まったのか、声が途切れた。

真澄はその手をサッと引いて、

「私は感謝される人間ではありません。あなたが助かったのは嬉しいです。でも、命の恩人だなんて、とんでもない」

「いいえ。もし、あの時、このお屋敷に匿ってくれなかったら、死んでたかもしれない……だって、処罰された権藤って浪人にも、間違って追われていたんですもの」

「…………」

「本当にありがとう」

おせんがもう一度、手を握ろうとしたが、真澄は頑《かたく》なに拒んだ。すると、耕之介が横合いから口を出した。

「ああ。あなたは運が良かった。遠山様の粋な計らいもあろう。天に貰った命だと思って、大切にして生きていきなさい」

「はい。でも……」

「真澄は、あなたを売った……法を犯したわけではない。だが、心の罪はある。こいつはそれを背負っていかねばならぬ。反省して反省して、いつかは消えるとよいがな」

耕之介がそう言って真澄を見やると、

「いいえ、それは違います」

と、おせんはキッパリと強い口振りで言った。

「――ええ……?」

不思議そうな目になる耕之介に、おせんは毅然とした顔になって、

「真澄さんは、私を売ってなんかいません。事実、私から名乗り出てます。そうですよね、岡っ引の親分さん」

と熊公を見た。

すぐに熊公は、「そのとおりだ」と頷いた。

「ですから、真澄さんは、何ひとつ疚《やま》しいことをしておりません。最後の最後まで、助けてくれました」

　だが、真澄は申し訳なさそうに、

「――いや……あの時、私は……古味様に、あなたを匿っていることを、言おうとしました……でも、それを察したように、おせんさん……あなたが飛び出てきたんです。だから、私の罪なんです」

「いいえ。私を突き出すのと、私が名乗り出るのでは大違いですわ」

「同じです……」

「違います。あなたは、真澄さん……今でも立派な武士です。これからも、もっともっと立派になって、世の中、人のために、その正しい気持ちで貢献して下さい」

　おせんは励ますように言って、真澄の肩を抱いた。だが、忸怩《じくじ》たる思いがあるのであろう。真澄は素直に、おせんの親切な言葉を受け容れることができないようだった。

　すると、また耕之介が口を挟むように、

「たとえ、あなたから飛び出したとしても、真澄はすでに心の中では、一度は匿った者を暴こうとした。そのことを悔やんでいるのですよ、真澄は……」

と言った。

そのとたん、今度はおせんが、耕之介に食らいつくように言った。

「あなたに何が分かるのですッ。それでも、父親ですか」

感極まったような言い草に、耕之介本人はもとより、吉右衛門も津耶も、そして熊公も吃驚して見ていた。

「——真澄さんは確かに迷いました。でも、それは……あなたの手柄や出世を引き換えにと、あの同心に持ち出されたからです」

「えっ……」

「あんな意地悪そうな、老猾《ろうかい》そうな町方同心に、まだこんな年頃の、しかもひとりで留守番をしていた時に、脅しにかかってきたのですよ。さぞや怖かったと思います。それでも、じっと耐えていた。私のために我慢してくれていたんです」

「…………」

「しかも、自分の損得ではありません。お父様……あなたのことを持ち出されて、真澄さんはほんの一瞬、迷っただけです。それでも、きっと私を売らなかったと思います」

「…………」

「私は、そんな必死の真澄さんを見ていて、弟の姿を思い出しただけです。だから、名乗り出たんです……もう、これ以上、真澄さんを責めないで下さい。お願いします……」

泣きながら訴えるおせんに、耕之介は不意打ちを食らわされたように立っていた。

「――おせんさん……」

今度は真澄の方から、おせんの腕をしっかりと握って、言葉はないが懸命に何かを伝えようとしていた。

熊公はなんだかバツが悪そうに頭を掻いていたが、津耶はおせんの肩を叩いて、

「あなた、いい娘さんだねえ……うちの嫁にならないかい。国へ帰ったら、おっ母さんに相談してからでいいからさ。真澄、小さい頃から、年上の女の子が大好きでさあ。丁度、いいと思うんだけれど」

と武家女らしからぬ態度で言った。

本気なのかわざとなのかは分からない。だが、津耶の言葉を引き受けるように、

「それは目出《めで》度《た》い。丁度、魚屋から、大きな鯛《たい》を譲り受けたんでね、ちょいと屋敷に戻って取ってくるとしよう。なに、遠慮はいらんよ。おせんさんの無事帰還祝いと、もしかして夫婦になるかもしれん祝いじゃ」

と吉右衛門も調子のよいことを言った。

一瞬にして、場が和《なご》んで、真澄とおせんの嘆きの涙が、嬉し涙に変わっていった。まだまだ若いふたりである。この先、どうなるか分からないが、ふたりが大人になる頃には、蝦夷だろうが朝鮮だろうが、オロシアだろうが、自由に往き来できるに違いない。その時には、蝦夷で世話になった漁師夫婦との再会もできるであろう。

吉右衛門はそんなことを思いながら、

「今夜は酒が飲めるぞ」

と実に楽しそうに、孫のような若いふたりを眺めるのであった。

耕之介もしだいに表情が和やかになり、吉右衛門に頭を下げた。熊公も図々《ずうずう》しく輪の中に打ち解けてきた。

おせんは生きて帰ってこられて良かったと心から思っているに違いない。もしかしたら、これも〝福の神〟の見えない力のお陰かもしれない——とは誰も思っていそうにない。

それでも、楽しい宴《うたげ》で盛り上がりそうな、江戸の空の下であった。

時代小説

二見時代小説文庫

狐《きつね》の嫁入《よめい》り　ご隠居《いんきょ》は福《ふく》の神《かみ》 7

二〇二一年十一月二十五日　初版発行

著者　井川香四郎《いかわこうしろう》

発行所　株式会社 二見書房
〒一〇一-八四〇五
東京都千代田区神田三崎町二-一八-一一
電話　〇三-三五一五-二三一一［営業］
〇三-三五一五-二三一三［編集］
振替　〇〇一七〇-四-二六三九

印刷　株式会社 堀内印刷所
製本　株式会社 村上製本所

ISBN978-4-576-21171-8
https://www.futami.co.jp/